真情書

以真心與淚水為筆墨，刻下的每段感情都叫「真情書」，寫滿了人生最大的快樂、痛苦和遺憾……

藤井樹
（吳子雲）著

目錄

十九號的月亮

「你可知道當年我有多喜歡你嗎？」

「多喜歡？」

「喜歡到我覺得我一定要跟你念同一所大學，然後一起畢業，一起去工作，如果可以，我希望就這樣不要變了。」她說。

「不要……變了？」

「對呀，我希望就這樣不要變了。」

真情書

1

台北車站的設計眞的會讓人迷路。

四方型的建築，四個方向都還各有三個一模一樣的門，要不是我在台北待過一段時間，我還眞不知道到底哪一邊是哪一邊。

在高雄搭上捷運，前往左營高鐵站的途中，我看見車廂裡有一對母子，媽媽正專心地看著報紙，年約五歲的孩子則是坐在媽媽身邊，一邊吃巧克力棒，一邊睜大眼睛瞪著我。

「小朋友，不能在捷運上吃東西，你知道嗎？」我微笑著提醒。

他的媽媽聽見，視線立刻離開報紙，先是看了我一眼，然後趕緊把小孩手上的巧克力棒拿走，「我剛剛有沒有說，出捷運站才能吃？有沒有？有沒有？」她很凶地罵著那個孩子。

而那孩子一臉莫名其妙地看著媽媽，表情似乎在說著：「妳根本就沒講……」

那個媽媽一直向我點頭說抱歉，責怪她的孩子不聽話。

我笑著點點頭，又看了那個孩子一眼，他竟然對我吐舌頭。

「你眞是沒禮貌！快說『叔叔對不起！我以後不敢在捷運上吃東西了』，快說！」

他的母親拉著他的手。

「叔叔對不起……」

那孩子話才剛出口，我就打斷了他：「沒關係，別說對不起，你沒有對不起我喔，不能吃東西是捷運的規定，下次記得就好。」

然後那個媽媽轉頭拿起報紙繼續看，那孩子又對我吐了個舌頭。

但這次我的注意力不在孩子身上了，而是關注著那個媽媽。

那個媽媽的眼睛跟眉毛，跟月玫相當神似。

如果不是打扮、身高跟身材，還有那凶巴巴的個性相差太多，若光是看見那雙眼睛，我可能眞的會認錯人。

「如果我跟月玫早個幾年……孩子應該也這麼大了吧？」

我心裡這麼想著。

高鐵眞的拉近了台灣南北的距離。

只要九十六分鐘，就能從高雄到台北，而且高鐵安全安靜又舒適，車上的服務小姐也都長得很漂亮，每個都很有氣質。

真情書

剛走出台北車站，就感覺到寒風刺骨，我從背包裡拿出更厚重的外套穿上，抬頭看著大樓頂部的顯示器，它寫著「11℃」。

每一道寒流來襲的時候，台北總是又濕又冷。

像是擋在最前線的第一道門，寒流一到，台北馬上就變成狼狽的落湯雞。

所謂的大陸冷氣團，所謂的東北季風，其實都只是氣象學裡面的專有名詞而已，那對生活在一座愛下雨的都市裡的人們來說，就是爛天氣。

就是爛天氣，沒別的名詞了。

台北啊，爛天氣、爛交通，真是一座討人厭的城市，卻有六百萬人住在這裡。到處陰雨濛濛，十天裡有八天天空都是灰色的。台北的特色，或許就是那細得會隨風飄忽不定的雨下得跟霧一樣輕，那氣溫冷得會讓人猛打哆嗦與寒顫，還有那車塞得會令人情緒大壞。

而月玫就住在這裡。

其實我在台北短暫地待過兩年半的時間，在貨運物流公司當最基層的送貨員，那是我大學畢業後的第二個工作。

兩年半的時間，對我來說有點長，對佑哥來說卻很短。

所以「短暫地待過兩年半」這句話是他說的，我一點都不認同。

「你知道我第一份工作是什麼嗎？」他拍著胸膛，一臉驕傲地開口。

「我知道，是公司大老闆的特助。」我非常配合地回答。

「那你知道我幾歲開始做那份工作嗎？」

「我知道，十六歲。」

「那你知道那份工作我做了多久嗎？」

「我知道，你做了九年。」

「我花了整整九年的時間，才真正把特助這件工作學到透徹，這一點你知道嗎？」

「知道。」

「所以每一件工作都有非常專業的部分，這是需要時間去慢慢體會與了解的，你知道嗎？」

「知道。」

「所以你在送貨界的時間還很短，一點都不長，明白嗎？」

「是，我明白。」

佑哥是我的「帕呢」，這兩個字是他說的，來，跟我唸一遍，「帕呢」。

帕呢就是 Partner，夥伴的意思，不過佑哥很顯然完全不知道，因爲他說帕呢指的是兄弟，就是感情很好的兩個人，這樣。

我嘗試跟他解釋，其實帕呢是夥伴，不是兄弟。

但他說夥伴當久了就是兄弟，一邊說還一邊挑眉。我聽完覺得怪怪的，但好像又沒辦法反駁什麼。

佑哥總有他的一套道理，又或者該說是歪理。

他結婚好多年了，有兩個可愛的女兒，不過他太太嫌他腦筋不好賺錢又慢，兩個人協議離婚，女兒一人一個，三歲的跟媽媽，五歲的跟佑哥。

他講話帶著嚴重的台灣國語，對英文有很大的興趣，但是又學不好。

有一天他問我：「哇靠是一句英文對不對？」

我說不是啊，就是一句很口語化的小髒話。他聽了有點吃驚，「那是髒話？」我歪著頭想了一下，「呃……也不是很髒啦。」

「小髒？」

「比小髒再小一點吧。」

「小小髒？」

「這……它有多髒很重要嗎？」

「當然很重要！」

「爲什麼？」

「因爲我女兒前一陣子問我什麼是哇靠，我說是一句英文，稱讚別人很厲害的意思。」

「……這……」我突然不知道該說什麼。

「結果昨天她的安親班老師送她回來時，跟我說，她最近整天都哇靠哇靠的，要我注意一下她的言行。」

「……那你應該快點跟她說你講錯了。」

「不知道來不來得及耶，哈哈哈哈！」他大笑了起來，「昨天晚上我泡麵給她吃，她說他們安親班有一個同學唱歌很哇靠，哈哈哈哈！」

都四十歲的人了，大笑起來像個孩子。

我們經常一起送貨，就連住的地方都只隔了條巷子，他虛長我幾歲，總是以一副老大哥的樣子，教我做人處事的道理，每當我跟他說，「佑哥，我覺得我應該要換工作了，一直送貨好像沒什麼前途」時，他就會說：「你知道我第一份工作是什麼嗎？」

然後我就會回答：「我知道，是公司大老闆的特助。」

然後他又會說：「那你知道我幾歲開始做那份工作嗎？」

然後我就會回答：「我知道，十六歲。」

接下來的對話就不需要再重複了。

我曾經問過佑哥，那位大老闆到底是什麼樣的大老闆，竟然讓一個國中剛畢業的毛頭小夥子去當他的特助？

「他是我們村子裡最有錢的一個大老闆，是開印刷廠，幫人家印東西的。」

「喔？聽起來好厲害！」我說。

「那當然！」他很驕傲地揚起下巴。

「那印刷廠裡一共有幾個人？」

「就我跟大老闆兩個人。」

「……果然是特助……」

「那當然！」他持續囂張著。

在台北那兩年半的時間裡，我試著喜歡這座城市，但屢試不爽，是真的不爽，愈試愈失敗。

明明就三不五時在下雨，結果三不五時在限水，說水不夠用。

明明就是首都，路應該很平，結果路有夠爛，而且三不五時在挖馬路。

一樣都是同一個品牌的手搖飲料店，開在台北，飲料就比別的縣市貴十元。

一樣都是百貨公司的停車位，在台北停一小時，最貴要一百六十元。

是的，你沒看錯，就是一百六十元。

其他縣市一百六十元可以停多久？停到你忘記車子停在哪裡那麼久。

當然我這麼說是誇張了點，但也點出了某些不合理的地方，對吧？

但佑哥說我這樣叫做自找麻煩。

「你這樣只會讓自己活在痛苦中。」他說。

「我沒有很痛苦啊，我只是覺得這種狀況不合理而已。」我說。

「你這就叫標準的憤世嫉俗。」

「我這樣就憤世嫉俗喔？有那麼嚴重嗎？」

「憤世嫉俗的人都會活得很痛苦，你必須學會佛祖說的『放下，目空一切』，人遇上任何事，都要心平氣和地面對，不管它有多麼讓你不高興或是難過。」他說。

這時有個機車騎士在車陣中穿梭，經過我們的貨車時，他的安全帽撞歪了我們的後照鏡。

「幹你媽的會不會騎車啊！給我回來說對不起！」佑哥指著那個已經揚長而去的騎士咆哮。

「……」

在台北那段時間，其實我心裡有另一個期待，就是希望能遇到月玫。

不過月玫沒有遇到，卻遇到了月如，而且還三次。

月如跟月玫都是我的高中同學，不過我跟她們不同班。

請別因爲她們的名字只相差一個字，就誤會她們是姊妹，其實她們一點血緣關係都沒有。

第一次遇見月如，是在我公司樓下的全家便利商店，我認出她，卻沒叫住她，因爲她一臉濃妝，比以前瘦了、漂亮了許多，我擔心會認錯人。

第二次又在同一家便利商店遇見她，她認出我，我傻笑，她說我變了很多，我又傻笑，然後她說她趕時間，轉頭就往便利商店門口小跑步而去，她的道別被自動門的鈴聲淹沒。

第三次，依然在同一家便利商店，這時我才突然想到要問她：「爲什麼我總是在這裡遇到妳？」

「因爲我公司在對面啊！」她指著馬路那邊的大樓。

「咦？這麼近？我公司在樓上耶！」我指著天花板。

「你公司是幹嘛的？」

「物流啊，我是送貨的。妳呢？」

「律師事務所。」

「妳是律師？」我吃驚地問著。

「我只是總機。」她說。

我本來很想再問她，爲什麼總機要濃妝豔抹，但是問到一半，話梗在喉頭，心裡念頭一轉，「……那……妳有跟月玫聯絡嗎？」

「大學的時候還有，到了大四就變少了，畢業之後幾乎就斷了聯絡，如果不是在路上碰巧遇見她，我可能眞的就跟她斷了聯繫了。」月如說。

「妳遇見她了？她好嗎？」我興奮地追問。

「她很好啊！氣色好，而且變得好漂亮喔！」

「所以妳有她的電話號碼囉？」

「有啊！你要嗎？」

「我……可以要嗎？」

「我問問她願不願意給你，然後再跟你說，好嗎？」

「好，」我點點頭，「妳記一下我的電話吧，〇九三六……」

記得高中的時候，第一次跟月玫一起蹺了放學後的輔導課，兩個人騎著腳踏車到西子灣看夕陽。

當時她問我：「欸！你想不想離開高雄啊？」

我連想都沒想就回答：「想！超想！非常想！如果可以，我明天就想離開……喔不！今晚……喔不！現在！」

看，都這麼多年了，我還記得當時我是怎麼回答的。

可見我有多想離開高雄，可見我有多不喜歡高雄，可見我們家附近那條臭到會讓人得憂鬱症的前鎮大水溝到底有多臭，可見那些打開家裡窗戶就能看見的工業區大煙囪到底讓我們吸了多少廢氣。

「爲什麼這麼不喜歡高雄？」她接著問。

「就是不喜歡，而且我覺得一定要到外面去看看！」我說。

「……是嗎？」

「是啊！」我說。

「那你想去哪裡？」

「台北！我想去台北！那邊一定很好玩！不然花蓮也可以，風景一定很漂亮！」

「……是嗎？」

「是啊！其他地方一定都比高雄好！不管去哪裡都好，只要離開高雄！」我說。

然後月玫站了起來，快要下山的夕陽像是站在海上捨不得離開一樣，那橙色的光把她的臉照得好亮、好亮。

「那如果……我這輩子都不想離開高雄，你會不會留下來？」

她說。

夕陽橙光從她的髮隙中穿過，刺痛我的眼睛。

「不會……吧。」我突然覺得心有點痛，像是要失去一個很重要的東西一樣，「我也不知道……」我眞糟糕，被她這麼一問，想離開高雄的念頭就不那麼堅定了。

「喔……」她點點頭，轉過身去，側面對著海。

「那……妳跟我……一起走，好不好？」我問。

「你以爲離開高雄就像蹺課一樣嗎？說走就走？」

「爲什麼不行？」我自以爲這樣回答很帥。

她回頭看著我，因爲背光，我看不清她的臉。

「你們男生，眞的很幼稚。」

「最好是……」

「當然是！」她伸出手指，戳了下我的額頭，「尤其是你！」

「我很成熟了！」

「你超級幼稚！」

「妳才幼稚又三八！」

「你幼稚低級又無聊！」

月玫啊，妳知道嗎？

到現在我都還記得那天西子灣海風鹹鹹的味道，還有妳被汗水濡濕的白色制服裡透出的內衣顏色，還有旁邊烤香腸小販的叫賣聲，還有中山大學的學生呼嘯而過的摩托車引擎聲，還有那顆很快就沉到海裡看不見的太陽，還有因爲那天蹺課回家後被爸爸發現挨揍的巴掌聲，還有妳臉上那一點一點我說很可愛的小雀斑，還有我們不停鬥嘴的幼稚行徑。

還有我說我很成熟但妳幼稚又三八的……

十七歲。

那年。

夏天。

幼稚、低級、又無聊的那年，我們最快樂。

2

高中時期，是我最想離開高雄的時候，卻也是待在高雄十多年裡最快樂的時候。

好不容易考上一所公立高中，在班上成績是勉勉強強可以卡在中間的程度，偶爾往上，也不會上到哪裡去，不小心往下，就會下去很多。就算高二分了組別也是一樣，我從來都不知道前十名的滋味到底是什麼，不過倒是曾經很接近最後一名。

班導師姓向，一個風華絕代的女老師。她很自戀，所以風華絕代是她自己說的。

不可否認，以一個接近中年的女性來說，她算是很漂亮的，可以想見她年輕時應該是個大美女。師大研究所畢業，學歷好、美麗又聰明，大學的時候是校花，一堆人在追，但從來沒有一個人成功達陣過，我不禮貌地問過她：「老師，妳眞的沒交過男朋友嗎？」她思考了幾秒鐘，然後看著我搖搖頭。

「從沒有過。」她說。

一直到我畢業，她依然是單身，沒有結婚，也沒有男朋友。

不過其實我們班同學都看得出來，學校裡有個蔡教官對她很有好感就是了。

老師之間的八卦我們不太能了解，不過我們都覺得，蔡教官應該沒什麼機會能追到向老師，單從外在來看，他只有一百六十四公分高，體重大概逼近七十，看起來就是有點圓圓的，而向老師還高他兩公分，身材玲瓏有致……

對不起，扯遠了。

把話題拉回來吧。

向老師是個很有自我風格的人，有些想法在當時也算新潮。例如，她主張根本不必管學生到底要留長頭髮還是短頭髮，所謂的髮禁，早就該解除了，她覺得「念書」這件事情是想通了就會開始自我要求的，別人逼根本沒用。

「你要學生好好念書，結果卻是去管他的頭髮長度，而不是把課程設計得更有趣更能吸引學生愛上課，這根本就是白癡才想得出來的政策。」

這段話是她說的，聽完我們全班爲她鼓掌。

不過鼓掌也沒用，她不是教育部長，髮禁並沒有因此改變。

男生還是一樣土，女生還是一樣清湯掛麵。

她以一座高樓來比喻我們的成績，降低「成績」兩個字對我們造成的壓力。因爲全班一共有四十一個人，所以她說我們班就是一棟四十一層的高樓，第一名住在最頂樓，依此類推，最後一名就住在一樓。

「住在最頂樓的人才能看見遠方，才能清楚地在居高臨下之處，找尋自己想去的方向，每個人都需要往上爬，當你們爬上了我們班的最頂樓，你就會看見還有其他更高的大樓等著你去征服，所以，同學們，努力地爬吧！總有一天，你一定會上頂樓的。」向老師激勵著。

只是，我認識的那個第一名，他從來沒有搬離我們班的最頂樓。

我認識的最後一名，他也從來沒有搬到二樓過。向老師問過他：「你一直住在一樓，從沒到高處見過寬廣的風景，你不覺得難過遺憾嗎？」

「不會啊，住一樓要出門比較方便。」他說。

然後向老師就沒再要求過他的成績了。

我們學校採男女分班，而且女孩子的教室跟我們不相連，男生教室在校門口進來之後的東邊，女生教室在西邊，因此，在我們學校，追女孩的男生會被稱做太陽一族，因爲他的行進軌道就是每天從東邊往西邊跑。

見到月玫那天，是在我們學校的禮堂，禮堂裡正在舉辦歌唱比賽第一階段淘汰賽。我們學校每年都會舉辦一次歌唱比賽，唱什麼歌都可以，你夠膽的話，也可以唱〈哥哥爸爸眞偉大〉，不過我猜大概唱完第一句就會被趕下來淘汰了。

參賽者全部坐在一個區域裡，照上台的順序坐著。而上台的順序是靠抽籤決定，我記得我是十八號，她是十九號，就坐在我旁邊。

我必須先說明一件事，就是我唱歌一點都不好聽，會參加歌唱比賽，是因為學校規定每班都要派代表參加，而我非常榮幸地被向老師欽點。

「老師，我不會唱歌。」在那當下我立刻對向老師反應。

「沒關係，我們班永遠都是志在參加，不在得獎的。」向老師微笑著說。

「老師，我真的不會唱歌，拜託妳，為了我們班的榮譽，能不能換人？」

「當然可以，你找得到人代替你就好。」她說。

然後我立刻站起身來環顧全班同學，那瞬間全班都把視線轉開，看地上的看地上，看天花板的看天花板，看窗外的看窗外，偷看漫畫的繼續看他的漫畫。

「別說老師不幫你，」向老師把班上同學的冷漠看在眼裡，「同學們，有沒有人要幫葉孟允參加唱歌比賽？」她跳出來替我詢問。

「沒有！」全班非常團結地同時回答。

那節下課，全班都跑到我身邊向我祝賀，並且允諾，如果我唱到決賽的話，會跟老師要求，將全班帶到禮堂，當我的後援會，替我加油。那當下，我真的體會到我在班上的人緣極佳，因爲只有人緣好的人才會被推入這樣的地獄。

但我怎麼會知道地獄的背後就是天堂？

兩個星期後的下午，淘汰賽的禮堂裡，當我遠遠地看見一個完全吸引我目光的女孩子就這樣走到我的旁邊坐下，我心裡對全班同學與向老師的感謝完全反應在我癡呆的表情上。

我猜她是看到我癡呆的樣子了，不過她並沒有用很嫌惡的表情看我，畢竟我的癡呆是因爲她，情人眼裡的西施永遠都是無敵的，而她的美麗確實讓我癡呆。

「你好。」首先打破僵局的是她。我猜她應該受不了旁邊這個癡男一直盯著她看吧。

「啊！妳好！」我收起我的癡呆，向她笑著點點頭。

「你是十八號沒錯吧？」

「咦？」我當下沒會意過來。直到她指著自己手上寫著「十九」的號碼牌。

「啊對！我是十八號。」我把已經揉爛、放在口袋裡的號碼牌掏出來給她看。

「嗯，那好，我沒坐錯。」她說。

「嗯，是的，我也沒坐錯。」我說。

她看了我一眼，笑了出來。

然後是好一陣子的沉默，我腦袋裡一直在尋找可以聊天，但又不會讓人感到奇怪的話題，可是一時之間什麼也想不出來。

後來我想起，《灌籃高手》最新的一集剛在那星期上市，於是我說：

「妳灌高看到第幾集了？」

「嗯？」她疑惑地看著我，「灌高？」

「就是《灌籃高手》。」

「喔……我只看過前三、四集的樣子吧……」

「前兩天出了第十七集耶。」我說。

「喔……不好意思，我不太看漫畫……」

然後，我就知道自己找錯話題了，而且這個話題很鳥，鳥到我不知道該怎麼把當下尷尬的氣氛救回來。

於是我直接認錯，「對不起，因爲我很緊張，所以想找人說話，看會不會平靜一些……」

但她一點反應都沒有，只是表情平靜地看著台上的演唱者。

「妳好像一點都不緊張？」我伸出手晃了兩下。

「啊……嗯……其實，我很緊張。」她說。

「那妳掩飾得眞好。」

「是嗎？」她把手心攤開來，「你看，我緊張到手心都是汗。」

「妳看，我緊張到額頭都是汗。」我把前額的頭髮撥開。

「哈哈哈……」她笑了出來，「我發現了，你不用撥我也知道你滿頭汗。」

「啊……不好意思……」我瞬間發現自己很蠢。

「別這麼說，你讓我不那麼緊張了。」

「是喔？」我吐了一口氣，「找人說說話好像挺有用的。」

「你唱哪一首歌？」她問我。

「張學友的〈吻別〉。」

「那首歌好好聽喔！我好喜歡！」

「我也喜歡，但坦白說，其實我是這幾天才開始仔細聽這首歌的。」

「那你是高手囉，練了幾天就來比賽了。」

「不不不，」我連忙揮手，「妳誤會了，我是被老師叫來比賽的，我一點都不會唱歌。」

「眞巧。」她摀著嘴笑了一下。

「巧？」

「我也是被老師叫來比賽的。」她說。

「所以妳唱歌很好聽囉？」

她也連忙揮手否認，「我媽說我唱歌跟鴨子叫一樣難聽，」然後她指了指正在台上唱范曉萱的〈眼淚〉的女孩子，「那是我們班的同學，她叫月如，那才是眞的唱歌好聽的人。」

我順著她手指的方向看去，看見一個胖胖的女孩子用很柔軟的聲音在唱歌。

「既然妳們班已經有人來參加了，爲什麼妳們老師還要叫妳來？」

「就是她害的。」她又指了一次台上的胖女孩，「我跟她是同一所小學的合唱團畢業的，她向老師出賣了我。」

「合唱團耶！那一定很厲害啊！」

「不不不，」她搖搖頭，「既然叫合唱團，顧名思義，就是很多人一起唱的團，那裡面並不是每個人都會唱歌的，剛好我就是不會唱的其中一個。」

「我不太相信，妳謙虛了吧？」

「沒有，我是眞的不會唱。」

「我已經開始期待等等聽妳唱歌了。」

「但是你知道嗎？」她看著我，「我其實很想離開這裡。」

台上的月如歌唱得眞好，而且台風非常穩健，像是把自己當做歌星在開演唱會一樣，手勢跟動作都好像事前排練了幾百次一樣熟練，底下幾位當評審的音樂老師聽得頻頻點頭。

「妳知道嗎？」我轉頭看著她，「其實我也想離開這裡。」

十號的月如唱完下台了，台下蹺課跑來看比賽的學生給了她如雷的掌聲，而在一旁等待許久的十一號則踩著沉重的腳步上台。我猜他也是被老師逼來的。

月如很快地跑到我身旁這女孩面前，接近我們時，我感覺地面在微微震動。

「月玫，我唱得怎樣？」那個月如問。

「很棒啊！妳一定會進決賽的！」她說。

「眞的嗎？妳都不知道我在台上有多緊張！」

「看不出來妳很緊張啊，表現超棒的。」

「等等就換妳囉，妳準備好了嗎？」

「這件事再怎麼準備都沒用，我會從頭緊張到尾的。而且我還沒跟妳算出賣我的帳呢！」

「哎唷，我一個人來比賽會害怕嘛，當然要拉一個人來陪我啊！」月如說。

「所以當妳同學眞倒楣！」

「別這麼說嘛，我相信妳一定會唱得比我好！」

然後月如說要去上洗手間，轉頭就踩著看起來很輕盈，但其實很「沉重」的腳步，跳啊跳地離開我們的視線。

然後十一號參賽者唱完，換十二號。

十二號唱完換十三號。

我跟她都沒有再說話，因爲那號碼愈接近，我們的腦袋裡就愈是一片空白。

也不知道輪到了第幾號，我突然鼓起勇氣，轉頭對她說：

「我們……離開這裡吧！」

她先是愣了一下，然後轉頭看向月如離開的方向。

「可是，我同學她……還沒回來。」

「我想她應該不會回來了，就算回來看不到妳，我想她也不會怪妳。」

「可是，如果我們沒比賽，是會被記警告的。」

「我寧願被記警告，也不要上台丟臉，我要離開這裡。」

「可是……我們要去哪裡？」

「先別管那麼多，先離開這裡再說。」

「可是……」

沒等她把話說完，我立刻打斷她，「跟我走就對了，好嗎？」

幾秒鐘之後，我站起身，她也跟著我站了起來。

我們一前一後，假裝若無其事地往禮堂的後門走去，愈接近禮堂的後門，心裡就愈緊張，腳步就愈走愈快，因爲我們很怕就站在參賽者位置區的教官會發現我們落跑，如果他當下喊了一句「你們兩個要去哪裡」，我想我們可能會嚇到跳起來。

離開禮堂之後，也沒辦法回教室，因爲會被發現沒參加比賽。在學校裡，也不知道該去哪裡，我們就這樣躲在禮堂旁邊的學校後圍牆邊。

「去吃冰，好嗎？」我提議。

「吃冰？」她用詫異的眼神看著我，「現在？」

「是啊，現在。」

「怎麼去？」

我指了一下身後的圍牆，「翻過去，學校後面有間冰店，紅豆牛奶冰超好吃。」

她抬頭看了一下圍牆，然後低頭看了一下自己的制服裙子。

「對不起，我忘了妳穿裙子。」

「所以很抱歉，我沒辦法陪你去吃冰。而且我現在心裡好不安，我竟然有點想回禮堂去把歌唱一唱算了。」

「沒關係，那我翻出去幫妳買冰，如果妳想回禮堂就回去，當我翻牆回來看不見妳，我就會去禮堂聽妳唱歌。」我說。

「你……這樣……不太好吧……」她看了看圍牆，意思是我翻牆是違反校規的。

「沒關係，人不翻牆枉少年嘛。」天知道我爲什麼冒出這句話來。

然後我想都沒想就翻出去了，在我跳下圍牆的那一刹那，我聽見她說「小心啊」，心裡突然有種暖暖的感覺。

沒幾分鐘，我拎著兩包紅豆牛奶冰，用嘴巴咬著束帶，奮力一跳，才跳上牆，第一時間就是用視線尋找她，她卻不在原地。

等我從牆頭回到學校這一側的草地上，她才從一旁跑出來，「你眞的滿會爬牆的，一氣呵成，技術好棒。」然後她接著說：「我跟你說，我剛剛跑回去禮堂看了一下，已經唱到十七號了……」

「喔！那表示我就算現在衝回去也來不及了。」我故意裝出一派輕鬆的態度，但其實心裡也有一些不安，「但是妳現在回去還來得及。」

「我……」她拿出那張十九號的號碼牌，望著它，猶豫不決。

「沒關係啦，」我看出她的搖擺不定，「妳眞的想回去就快點，現在去還來得及，眞的。」

「我……」

「妳？」

「我……」

「妳？」

「我……我要吃紅豆牛奶冰。」她說。

爲了防止她反悔跑回去比賽，我指著她的號碼牌，「妳必須用這張十九號來跟我換冰。」

然後她把號碼牌遞給我，我把冰遞給她。

我還記得那天圍牆旁邊那些草和樹的味道，還有偶爾吹來的午后夏風。

還有她一邊吃冰，一邊要拿錢給我的堅持，還有我們有點害羞的自我介紹。

「我叫葉孟允，三班的。」

「我叫黃月玫，十一班的。」

一個星期之後，在學校中庭的佈告欄上，貼出了幾張新的獎懲告示，其中有一半是記功，一半是記過。

那當中有一張寫著我跟她的名字，罪由是「報名校內重大活動卻無故缺席」，後面寫著「警告兩支」。

看著我跟她的名字並排，心裡有一道暖流經過。

「喔！原來是兩支警告，不是一支啊。」這是那當下我故意表現出來，一副自以爲帥、無所謂的反應。

但其實我心裡卻幻想著那是一張結婚證書。

上面寫著我跟她的名字。

只有，我跟她的名字。

我在高二的時候加入了太陽一族，目標是月亮。

目標是月亮。

3

我仔細地算過了，從男生棟一樓最前面那排花圃開始算起，走到女生棟一樓最前面的那排花圃，需要一百五十九步，然後再從花圃算起，走到二樓，一共有二十六階，到了二樓之後，從樓梯口走到十一班的門口，需要三十四步。

第一次寫信給她，花了六節課的時間。

向老師早就發現我在寫情書，於是她在課堂上說：「寫情書追女孩子是一件很聰明的事，因爲不需要面對當面被拒絕的尷尬，也不會承受對方當面答應交往而太興奮的衝擊，不過，凡事都要付出代價的，在我的課堂上不上課寫情書絕對沒關係，不過要是沒收到回信，我就罰你寫一封情書給校長。」

這代價嚇得我不知道到底該不該繼續寫下去。

於是我在給月玫的信末寫道：「請妳一定要回信啊，不然我們導師要罰我寫情書給校長啊。」

第一次拿信給她，我只講了一個字：「……呃……」

嚴格說起來，「呃」好像不算是一個字，不過就算了跳過去吧，反正至少我把信交給她了，要一群女生幫忙傳信還眞是一件需要很大勇氣的事情。

大概五天後，我收到了她的回信，而且信還是她自己拿過來的。

這打破了我們班從來沒有女孩子來找人的記錄，這讓我在班上，有好一陣子幾乎是橫著走的。

不過她的信裡面只有幾段話，其中一段是：「其實，我眞想看看你寫給校長的情書會是什麼樣子，但不知道爲什麼，竟然有點不忍心，好矛盾的感覺。」

而我爲了這段話，整整傻笑了三天。

第一次在學校請她喝飲料，是通信後的第十天。

這次我比較進步了，我完整且冷靜地講完一句話：「這是給妳的，請不要客氣，收下吧。」

「可是……」她並沒有把飲料接過去。

「沒關係，這就是要給妳喝的，不要客氣。」

「喔……那……謝謝。」說完，她接過飲料，我笑著對她點點頭，然後自以爲帥氣地轉頭離開。

那當下我的心跳大概有每分鐘一百二十下以上。

當天下午我就又收到她的信，不，應該說是一張小紙條，上面只有一小段話：「謝謝你的飲料，但是我不能喝茶葉製品，會嚴重地影響睡眠，所以我把那瓶茶送給同學了，不好意思。」

看完這張紙條，我大概罵了自己三百次髒話跟五百次白癡。

她第一次點頭讓我陪她回家，是第一個月又五天。

「那個，月玫，如果妳不介意，我……陪妳騎車回家？」

「我自己可以回家的。」

「借我陪一下啦。」

「借你？」她笑了出來，「那你什麼時候還？」

「明天還，明天還。」

「明天還什麼？」

「明天還……咦？我也不知道要還什麼……」

然後她就掩著嘴笑了出來，看著我點點頭，「我家不遠，很快就到了，不過小巷子很多，你要跟好喔。」

一路上，我們都沒有說話，也沒辦法說話，因為車子一直沒有停下來，從轉進第一條巷子後，我就不停地在記路，不知道轉了幾個彎，她停在一棟公寓樓下，我只記得那是一道紅色的門，門上面的漆都已經斑駁而且有鏽蝕剝落。

「我家到了，就在樓上。」

「幾樓啊？」我抬頭看著。

「你幹嘛要知道幾樓？」

「呃……不能知道嗎？」

「該讓你知道的時候，我就會讓你知道的。」

「喔！好！」

「那你快回家吧！」她說。

說完她就開門走進公寓，關門之前還對我笑了一下。

我因為那個回眸一笑，大概傻笑了三十分鐘，同時也迷路了三十分鐘，那個地方有好幾排長得一模一樣的公寓，我根本就走不出來。

然後第一次請她一起看電影，是第二個月又十六天。

我們是去二輪電影院看的，選的片子是很有名的《西雅圖夜未眠》，不過電影在演什麼我沒有什麼印象，因為當年的二輪電影院並沒有禁菸，我們被周圍的人薰到猛擦眼淚。

第一次牽到她的手，是在我家附近的公園裡，第三個月又六天，而且是她主動牽我的，原因是公園裡有好幾隻跟狼犬一樣大的流浪狗，而她會怕，所以我開始喜歡流浪狗。

第一次想吻她，她卻被一隻可愛的小貓吸引了目光而轉開頭，那是第五個月又二十一天，所以我開始討厭小貓。

第二次想吻她，卻在她已經閉上眼睛準備接受四唇相印的時候我打了個噴嚏，那是第六個月又十四天。從此我只要一打噴嚏就會想到當年她的表情，即使到三十二歲的現在也一樣忘不了。

第一次接吻，是在一間MTV裡面。

MTV，男生都知道，那是終極約會場所，一男一女單獨關在一間黑黑暗暗的小房間裡，只要一個不小心，天雷勾動地火，什麼事都可能會發生。

我們正在看《阿甘正傳》，那時阿甘的媽媽已經快死了，她正在跟阿甘說：「Life was like a box of chocolates. You never know what you're gonna get.」意思是人生就像一盒巧克力，你永遠不知道下一顆會是什麼口味。

這一幕播映時，她正靠在我的肩膀上，當時她跟著阿甘的媽媽，把這句英文唸了一遍，然後轉頭看著我，我也看著她。

第三次嘗試吻她，我終於成功了。

人生眞的就像一盒巧克力，而那當下我吃到的口味，是很像草莓的甜。

這些日子我都記得很清楚，我把每一個有紀念意義的日子，都記在我當年那本青藍色書皮的厚筆記本裡，我還在封面上寫著「考試重點整理」，但其實裡面有一半以上的內容都是戀愛重點複習。

阿修是我高中時的好朋友，他看過這本青藍色的筆記本，他說那像是一本淫穢的日記，裡面盡是好想妳好喜歡妳跟牽來牽去親來親去的文字，看了感覺非常黏膩，很像一隻蚊子不小心黏在麥芽糖上面那麼黏。

隨即他又說：「其實，我是在嫉妒你。」

我知道他很喜歡月玫的同學月如，他們會見面，也是因爲他陪我去送過信，他對月如一見鍾情，就像我對月玫一樣。月如是個比較有肉的女孩子，阿修跟我說：「我最喜歡有肉的女生了！」我還記得當時他那想入非非的眼神。

但不管他有多麼喜歡月如，月如好像一直都不太搭理他，寫了十封信，她只回了兩封，讓阿修覺得非常灰心。

然後，我們高三了。

月玫開始補習，我本來也想去補習，但補習費太貴了，所以我就留在學校參加夜自習，而阿修則是跟隨著月如，月如去哪裡補習，他就跟到哪裡。

高三是所有高中生做最後衝刺的一年，卻是我高中三年裡最混的一年。

我從班上的二十幾名一直掉到倒數幾名，學校模擬考也從前兩百名掉到五百名外，簡單地說，再這樣下去，我根本就沒辦法考上大學。

可是不知道爲什麼，我一點都不想念書了。

我根本無心在書本上，我每天只想著要見到月玫，只要見到她就好，其他的事我一點都不在乎。

爸媽開始關心我的功課，他們每天都在叮囑我一定要考上大學，不然將來就沒前途了，什麼出社會至少要大學畢業才能找到比較好的工作，什麼學歷是人的第一張證書……這些話，我每天聽每天聽，聽到我覺得好煩。

於是，我時常蹺了學校的夜自習，跑到月玫的補習班找她。

「別上課了！跟我走！好嗎？」我說。

「可是……」

「別可是了！跟我走就對了！」

「我們要去哪裡？」

「我們去散步，我帶妳去壽山看夜景！」

「這樣好嗎？」

「不要想那麼多！快去把妳的書拿一拿跟我走！」我催促著。

或是高三那年，學校趁著星期日舉辦校慶，我跑到她們班，拉著她的手說：「走！我們不要參加校慶了，跟我走，好嗎？」

「可是，老師會點名……」

「點名沒關係，我們高三了，他們一定得讓我們畢業的！」

「可是，下午老師要上複習課……」

「不要上了，跟我走就對了！」

「我們要去哪裡？」

「我今天騎了我媽的摩托車來學校，我載妳去兜風。」

「這樣好嗎？」

「不要想那麼多！快去把妳的東西拿一拿跟我走！」我催促著。

甚至有時候，她跟她同學在補習班附近吃飯，補習時間都還沒到、課都還沒上，我就已經跑到她吃飯的地方找她。

「妳先吃完，我在外面等妳。」

「幹嘛呀？」

「不要上課了，跟我走，好嗎？」

「我們又要去哪裡？」

「出去玩啊！去哪裡都可以。」

「可是……」

「不要想那麼多！快點吃一吃跟我走，我在外面等妳。」我催促著。

就這樣，不知道幾次了。

我總是要她跟我走，她也總是乖乖地跟我走。

其實我知道，她在回家之後，還是會念書念到半夜才睡覺，因爲蹺課讓她心生恐懼與罪惡感，但不知道爲什麼，我卻絲毫沒有這樣的感覺，甚至，我覺得很快樂，我根本就不想繼續待在那個一天到晚都在念書考試的地方。

有一天，月玫問我：「如果你沒考上大學，但是我考上了，我們怎麼辦？」

這個笨蛋，竟然在擔心這種事？

「那妳就去念妳的大學，最好離開高雄，我會定期去找妳的。甚至我就不考大學了，我搬去妳在的地方，然後我上班，妳上學，我們一直在一起。」我說。

「你怎麼可以這麼說？」

「爲什麼不能這麼說？」

「你爲什麼不努力跟我一起上大學呢？」

「拜託，妳不要跟我爸媽講一樣的話。」

「這些話有什麼不對？」

「沒有，」我搖頭，「沒什麼不對，只是我不愛聽。」

「好，既然你不愛聽，那我問你，如果我就是要在高雄念大學呢，你怎麼辦？」

「那我就考到別的地方去。」

「你爲什麼不喜歡高雄？」

「我只是想去外面看看，我想離開家，獨立生活，我想知道高雄以外的世界是什麼樣子。」

「如果你真的想去外面看看，你應該用功一點才對啊！台大在台北，政大在台北，中央在桃園，清華跟交通在新竹，成大則在台南，這些都是不在高雄的學校，但你考得上哪一間呢？」

「為什麼一定要是國立的？」

「就算不要國立的，現在有哪一間私立學校你考得上？」

「我當然考得上！」我有點生氣，聲音有點大。我覺得自己被小看了。

「哪裡？你說說看？」

糟糕，我說不出來。就算是很差勁的學校，我也知道自己幾乎是上不了。

「好啦！我會念書啦！」我有點不耐煩地撂下一句話。

「孟允，不是我要說你，我是真的很擔心你……」

「拜託！妳別擔心好不好！我今天就開始用功念書，不蹺課了，這樣可以嗎？」

「你說真的？」

「嗯！我說真的！」

「所以我們要一起上大學？」

「嗯！一起上大學！」

「很好！」她笑了出來，「我好高興！」

但一切都來不及了。

剩下不到兩個月的時間，一個已經習慣懶散、不念書、蹺課的人，只有一顆一天到晚很浮躁的心，跟沒有完全下定的決心。

我只認眞了一個星期，發現很多東西已經趕不上也學不會了。

然後我就放棄了，很快地。

然後，聯考放榜了。

我在榜單上找了好久，很快地看見一排字，上面寫著「輔仁大學中文系　黃月玫」。

而葉孟允呢？

很抱歉，沒有。

就連同名同姓的都沒有。

很抱歉，百分之三十幾的錄取率，不念書想考上，就是門都沒有。

4

輔大在台北新莊。

如果你要來找我，先打我宿舍電話。

我都查好了，如果你從高雄搭統聯，可以在它的新莊站下車，然後我再去接你，別自己搭公車，你可能會搭錯的。

你自己在高雄要好好用功，明年考上台北的學校，我們就不會離太遠了。

一放假我就會回來，或者你也可以上台北找我啊！

我也不想離開高雄，但既然考上了……

這是她在信裡寫給我的話。

而她要出發去學校報到那天，我甚至沒有去送她。她說她爸媽會開車載她去，而她可以跟我一起吃個早餐，學校一整天都開放報到，下午才去辦理也沒關係。

而我連早餐都沒有跟她吃。

她買了早餐到我家來找我，是我爸開的門，他請月玫進來坐，那時我還賴在床上，我知道她來了，但我一點也不想起來見她。

那個原本非得離開高雄的我留下來了。

而那個原本一定要留在高雄的月玫卻要離開了。

我恨高雄。

其實我早就後悔沒認眞念書準備聯考了，其實在我開始懶散、放鬆的時候，心裡就已經有很深的恐懼感了，只是我沒有去面對而已，我總是跟自己說，「明天再念吧，反正還有時間」、「我本來功課不算糟糕，依我的實力，一定可以補回來的」、「我又不笨，幾天沒念書不會怎麼樣啦」……然後成績批下來，那一圈一圈的紅字，跟代表答案錯誤的叉叉很快地甩了我好幾個耳光。

而我卻醒不過來。

我一直都知道，如果不念書，我跟她的距離就會愈來愈遠；我一直都知道，她回家後還是很認眞地面對自己每天都要趕上的複習進度，儘管我每次到補習班去拉著她說「跟我走」她就會跟我走，她幾乎沒有拒絕過我，而我就這樣開始貪婪那兩三個小時的快樂，即使我也明白那只是短暫的，那不可能長久的，她能跟我走到什麼時候呢？

而我卻醒不過來。

爸爸跑來敲我房門，「月玫來了！你快起來！人家買了早餐給你吃！」

而我連應一聲都沒有。

過了沒幾分鐘，我門鎖壞了的房門被打開，她走了進來，坐在我的床沿，而我背對著她。

「起床了，我知道你醒了。」她說。

「……」

「我買了你喜歡的火腿蛋三明治還有冰咖啡牛奶，快起來吃吧。」

「……」

「你已經快三個星期沒有跟我好好說過話了，就連今天我要離開高雄了，你都不願意跟我說些什麼嗎？」

「……妳是個大學生了，我配不上妳，妳還要我說什麼？」

「你不要再說配不上我了，好好念書，明年你也會是大學生！」

「那時妳是學姊，我是學弟，我配不上妳……」

「你一定要這樣嗎？」

「對不起，我就是這樣……」

「你連正眼看著我，好好地跟我說聲再見都不願意嗎？」

「妳快走吧，謝謝妳買的早餐，再見。」

然後她哭得很傷心，我能聽見她強忍著哭聲的嗚咽，也感覺到她的眼淚滴在我的衣服上，但我還是沒有轉身，我只是一直在……自暴自棄，對，就是自暴自棄。

「我那時說的話一點都沒錯……」她哽咽地說。

「什麼話？」

「你很幼稚……」

說完她就走了，我一個人躺在床上，披頭散髮，一句話也說不出來。

我聽著她下樓的腳步聲，還有她跟我爸爸說再見的招呼聲，還有她走出我家大門的關門聲，還有她騎上腳踏車離開的鍊條聲。

以及她走了後，我的心碎聲。

我爸在樓下破口大罵：「幹你娘的咧！考不上又怎樣？沒念大學又怎樣？人沒志氣最悲哀啦！偏偏拎北就生了一個沒志氣的，幹你娘咧！」他用台語一下子罵了好長一串，每一個字都好清楚，像鋼針一樣釘入我的心臟。

而媽媽在旁邊叫他不要罵得那麼難聽，「孩子是需要尊嚴的。」

「尊嚴？什麼是尊嚴？尊嚴是自己給自己的啦！這種表現妳還幫他講什麼尊嚴？一

個男孩子連志氣都沒了，跟人家說什麼尊嚴……」爸爸繼續罵著，媽媽也勸不了他。

媽媽是個家庭主婦，她很年輕的時候就跟了爸爸，兩個人從年輕打拚到現在，除了我們現在住的這間只有兩樓半高的老房子，什麼也沒有多攢下，但他們卻過得很安心。我爸是個粗人，國中沒畢業，工作是中油承包商的領班，他這輩子最多也只能做到領班了，但他很勤快，做事認眞、爲人實際。

不像我，沒志氣。

他叫媽媽回娘家跟親戚借點錢，他也跑去跟我大伯小叔他們借點錢，因爲我家的經濟狀況，一直以來，都是賺的跟花的差不多打平，沒什麼存款，也沒有負債，現在爲了負擔讓我去大學重考班的幾萬塊錢，他們回家跟親戚低頭。

月玫開學了，我也開始補習了。

前幾個星期，我常常接到她寫來的信，信裡面說的都是她在台北的生活，她希望哪天我可以去找她，她已經知道怎麼從新莊到台北市，她也知道哪些公車可以從學校到一些好玩的地方。

但我一封信都沒有回，只是偶爾打電話到她的宿舍。

不過電話常常佔線，她說晚上八點到十一點是尖峰時間，大家都在講電話，很難打通。就算打通了，我也不知道該跟她說什麼。

我還在那個自暴自棄的情境裡，我根本沒想過該怎麼讓自己振作起來。

我眞的覺得很丟臉，全班四十一個人，只有十個人沒考上大學，而我是其中一個。

對於我的落榜，向老師一點都不意外，她說高中生其實只分爲兩種，一種是戀愛了還是會用功念書，一種是戀愛了就忘了怎麼念書。

而我就是後者。

喔不！應該說，我比後者還要糟糕。

爸爸說得對，我眞的沒志氣，我一點都不像是個男孩子。

那年網路剛開始普遍，月玫嫌寫信從台北寄到高雄太慢了，於是替我在當時還沒和雅虎合併的奇摩申請了一個 Email 信箱。

但是我家沒有電腦，我只能到網咖上網，收了 mail 再回給她 mail。

我還記得離我家最近的那間網咖只有二十幾台電腦，小小的一個店面，擠了二十幾個人，而且還有一半以上的人在抽菸。

通常 mail 一收一發的時間不會超過半小時，但網咖消費是以小時爲單位計算的，爲了消磨多出來的時間，我開始尋找網路上其他好玩的東西。

我發現很多人都在玩聊天室，我就跟著玩聊天室。

因爲常常聊天，我的打字速度愈來愈快，所以收月玫的 mail、回信給她的時間就縮得更短，我就有更長的時間跟網友聊天。

聊久了，我開始認識了一堆網友，然後開始參加網聚，開始認識其他的女孩子。

本來我每天大概會在晚上九點前到家，慢慢地變成十點、十一點、十二點……

然後我開始蹺補習班的課，跟人家出去玩，然後這個網友介紹另一個網友，另一個網友又介紹其他的網友……

我甚至忘記了，去網咖的第一件事情應該是回月玫的 mail。

我根本就忘了這件事！

我幾乎每個星期都在見網友，每當網友問我，「你還在念書嗎？」

我就說，「是啊，我是大學生呢。」

「喔？哪一間學校的？」

「輔仁，中文系。」

「哇！有氣質耶，念中文系呢！」

「不敢當，你誇獎了。」我說。

是的，我撒了謊，好大的謊。

我在那謊言裡面得到了所謂的滿足感，那是一種很愉快的感受，大家都看得起我，大家都覺得我很厲害。

但人怎麼可能騙得了自己呢？其實我什麼都不是啊！我只是個下三濫，我只是個說謊的孬種，我甚至連高四班都在蹺課。

然後有女網友喜歡上我，我也跟她勾勾搭搭。

她問我有沒有女朋友，我說有；她問我的女朋友在哪裡，我說她在念書，不在高雄；她說我很誠實，她喜歡誠實的男生，我笑了一笑，她抱住了我。

我陪她去逛街看電影吃飯，還在我家附近的公園跟她接吻。對，就是跟月玫一起散步的那個公園，當那個女網友看見那些跟狼犬一樣大的流浪狗時，竟然是跑去跟牠們玩。

在那當下我想起了月玫，「這女孩好大膽，完全不怕狗呢！月玫可是怕得要死，還牽住我的手呢！」我心裡這麼想著，然後過了三秒鐘，我就忘了月玫的存在。

偶爾月玫放假回到高雄，她會來找我一起吃飯，也會拉著我的手，要我拿著書和她到圖書館，她想陪我一起念書，她可以看一看其他的書籍。

但我總是搖頭，「在家念就好，家裡我比較習慣。」我說。

然後她說她想陪我在家念書，「妳在這裡我沒辦法念書，我會分心。」我說。

然後她會拍拍我的肩膀鼓勵我，「孟允，感覺得出來，你現在很認眞在念書喔！明年我在台北等你，我們一起當大學生！」她說。

她一直以爲我很認眞地在念書，我一直讓她以爲我很認眞地在念書。

但其實我根本沒在念書，我浪費了爸媽借來的錢，我辜負了月玫對我的感情跟關心，我虛擲了自己的青春跟時間，跟一堆網友胡搞瞎搞，而我甚至根本不記得網友的名字，一直以來，我都只知道她們網路上的暱稱，什麼「小莉」，什麼「花兒」，什麼「依依」跟什麼「艾莉絲」的。

甚至跟我在公園裡接吻的那個女網友，我也只知道她叫安妮。

她姓什麼？我不知道。我只知道她的口水裡面有點金屬味道，跟她舌吻就像是在舔鐵管。

一直到有一天，距離我的聯考又只剩下不到三個月的時間了。

我依然蹺了課，在網咖裡，跟某個可能是正妹，也可能是恐龍的女孩子卿卿我我的，當我從電腦螢幕的反射裡看見月玫正站在我的後面時，我像是被一萬伏特的高壓電給電到一樣，立刻站了起來。

「你爸爸說……你在這裡……」她看著我的眼睛，眼淚就掉下來了。

「呃……妳……」我根本不知道該說什麼。

「你老實地告訴我，你有沒有騙我？」

「我……」

「有沒有騙我？」

「我……」

「有沒有……騙我？」

「騙妳什麼？」

「每一件事，任何一件事，你有沒有騙我……」

「我沒、沒有……」

「那她是誰？」她指著螢幕裡那個我忘了叫做什麼的暱稱，傷心地問。

「她……我不認識……」

「是嗎？那你爲什麼說要牽她的手去看電影？」

「那……我開玩笑的……」

「你對著不認識的女生開玩笑說要牽她的手去看電影？」

我再也說不出話來了，我只是很安靜地站著，心裡的感覺好痛苦。

而月玫全身都在發抖，一把鼻涕一把眼淚的，看得我好難過。

「我再問你最後一次，你有沒有騙我？」

這一次我想了好久，她只是一直哭，一直看著我，一直在等著我的答案。

「有……」我說。

她再也站不住了，緩緩地蹲了下來，忍不住放聲大哭。

店員看見我們這個樣子，跑過來跟我說：「先生，請你們要吵架去外面吵，不要影響其他的客人。」

而其他的客人呢？他們都在看著我跟月玫，但我知道其實他們都在看著我，心裡想的是，「幹！這個沒用的男人，上聊天室把妹被女朋友抓到了吧？」

我把月玫扶起來，帶她到網咖外面。

我把她扶到一部摩托車上面坐著，她靠在我的身上一直哭、一直哭，好像眼淚流不乾一樣。

她問了我很多問題，我一一回答了。

當然也包括那個安妮的事。

也忘了她哭了多久，等到她變得安靜的時候，我抬起她的頭，拿出面紙替她把眼淚跟鼻涕擦了擦，「對不起……」我說。

她把頭別開，看著天空，我也順著她的視線望去，傍晚剛過，天已經黑了，月亮彎彎地掛著。

我拉住她的手，而她把我輕輕地撥開。

「再見，葉孟允……」她摸一摸我的臉，順一順我的頭髮，「你……好自爲之，好嗎？」

然後她就走遠了，我甚至沒有勇氣去追。

那一句再見，讓我有整整兩年的時間沒再見到她。

再、見。

5

我再一次名落孫山。

都快二十歲了，我一事無成，考了兩次大學聯考，第二次的成績比第一次還糟糕。

放榜那天，爸爸坐在客廳的沙發上等我回家，當我一打開家門，他立刻用冷冷的聲音說：「你過來。」我知道大概有事要發生了。

「我現在給你兩條路走。」他說。

而我連抬頭看他的勇氣也沒有。

「第一，你他媽的立刻給我去當兵，退伍就給我去工作，就算是撿大便都要給我去做！因爲你根本沒得選擇！」

他的聲音愈來愈大，我很害怕。

「第二，你要繼續念書的話，自己想辦法去籌錢補習，不然就給我待在家自習，沒有我的允許，你連大門都不准走出去！」

我要選第一條，還是第二條呢？

對不起，我是個沒志氣的人，我甚至不知道這兩條路要怎麼選。

分。

「那……離家出走吧！」在心裡，我對自己這麼說。

「反正我在家也只是個被討厭的人。」再補上這一句，讓我離家出走的理由更充分。

於是我開始計畫著什麼時候離開家裡、要去哪裡住、要去哪裡工作，甚至連怎麼躲兵役都一併考慮著。

隔天，我騎著腳踏車回到學校，想在我離家出走前來個重回舊時光之旅，我坐在男生棟前面的花圃看著女生棟，我還記得這裡到那裡需要一百五十九步，從花圃到二樓要走二十六個階梯，二樓樓梯口到十一班的門口，要走三十四步。

我腦袋裡都是月玫的樣子，我好想念她。

然後我一個人回到那間冰店，叫了一碗紅豆牛奶冰，不知道為什麼，冰吃到一半，我開始邊吃邊哭。

吃完冰，我又騎回學校，在禮堂旁邊我們第一次蹺課的圍牆下發呆，我彷彿還能看見那個時候的我們在尷尬地自我介紹著，但現在只剩下我一個人在這裡。

我在學校附近的麥當勞遇見向老師，她正跟那個喜歡她的蔡教官坐在一起，我向她點點頭，她招招手，叫我過去。

「老師好，教官好。」我禮貌性地問候。

「葉孟允是嗎？上一屆的畢業生，高二的時候報名歌唱比賽，但是無故缺席，所以被記了兩支警告，對嗎？」蔡教官回憶著。

「呃……教官，這種事不用記那麼清楚。」我有些尷尬。

「這表示教官記性不錯，還記得你，那個跟你一起蹺課一起被記警告的女孩子是你女朋友吧？」蔡教官又問。

「啊……欸……」我不知道該怎麼回答。

「你自己一個人來？」向老師問我。

「嗯，」我點點頭，「突然嘴饞，想吃炸雞。」

「你的臉色很差，眼睛紅腫，怎麼了嗎？」

「我……嗯……沒事。」

向老師注意到我的欲言又止，她對蔡教官說，想跟我私下聊聊，蔡教官便起身離開，走的時候還拍了拍我的肩膀。

「老師，我打擾到你們約會了吧？很抱歉。」我說。

「你別亂說話，我們只是在聊天。」

「喔，是。」

「你怎麼了？有話想說嗎？老師很樂意聽。」

「呃……其實沒什麼好說的……」

「既然沒什麼好說的，就說來聽聽無妨，對吧？」

「這……」

「等你想說的時候再開始，老師請你喝飲料，我去幫你買。」語畢，向老師就站了起來，走向點餐櫃檯。

然後她拿著一杯可樂回來，我說了謝謝，喝了兩口，開始述說事情始末。

等我說完了，她安靜了一會兒，然後她說，從好的方面來看，我還不算太糟，畢竟我還年輕，還有時間浪費，也還有時間把自己救起來。

「但是老師，阿修他們，我們班的同學，大家都已經上大學了，而我這樣，現在還在這裡喝妳買的可樂……妳卻說我還有時間？他們都已經升大二了，我連大學的門長什麼樣子都還不知道啊！」我覺得好挫敗。

「你在乎過嗎？」老師問。

「什麼？」

「你在乎過嗎？你剛剛所說的這些事。」

「我當然在乎！我每天都很在乎啊！」

「你騙人。」

「老師，我沒有騙妳，我眞的很在乎。」

「你騙我沒關係，你不要騙自己。」

「老師！拜託，我眞的沒騙妳。」

「如果你眞的沒騙我，那也就表示沒騙你自己囉？」

「是的！」

「既然是這麼在乎的事，爲什麼從沒努力過呢？」

「我……」

「我再問你一次，你在乎有沒有上大學嗎？」

「在乎！」

「你在乎自己跟同學之間已經有兩年的差距了嗎？」

「在乎！」

「你更在乎因爲你的自欺欺人，所以連女朋友都沒有了嗎？」

「在……乎……」說著說著，我竟然哽咽起來。

「那你爲什麼沒努力過呢？」

「……」我沒說話，只是不停掉眼淚。

「還來得及，孟允，你現在努力還來得及。老師以前念大學的時候，班上還有個已經三十歲的大哥哥呢！他比班上每一個同學都大了十歲以上，但他也是我們的同學啊！」老師爲我打氣。

「但是，現在我爸只給我兩條路走，他根本沒有給我多餘的選擇，我根本不知道該怎麼辦！」我一邊擦眼淚一邊控訴，情緒激昂，難以自抑，我覺得我爸對我不好，我覺得他給我的選擇與空間太少，他沒有提供我更多更好走的路！

「所以你覺得你爸爸有錯？」

「不是，我只是覺得，他應該要讓我有更多的選擇，或是給我一條更好的路。」

「所以只有兩個選擇不對？」

「太少了！而且都不好走！」

「所以你覺得他限制了你將來的路？」

「對！」

「你覺得他把你的路堵斷了？」

「對！」

「孟允啊，別再騙自己，也別再怪別人了。」

「我沒有啊！」

「是你把自己的路玩斷了，跟你爸爸一點關係也沒有。」

聽完這句話，我心裡下意識地思索否認的理由時，老師又說了一段話：

「孟允啊，想想你高三跟重考這兩年的所做所爲，其實你會有今天的結果是很正常的。

「你沒有拿著漁網去撈魚，是不可能有一堆漁獲可以搬回家的呀。

「你有關心你的女朋友、借錢讓你補習的爸媽，但你並沒有珍惜。

「你下了要玩樂的決定，就要承受玩樂之後的後果，這是沒有人能替你承擔的。

「因爲你的命只能你自己活。

「而想成爲什麼樣的人，是你自己決定。」

聽完，我自欺欺人與幼稚可笑的那一面瞬間瓦解。

在向老師的面前，我崩潰大哭，不能自己。

記得前一陣子，我聽過一個故事：一個中學生跟家人吵架，憤而離家出走，但身上沒錢，什麼也沒帶，餓了兩天。

這天，他走到一個麵攤前，看見老闆煮出來的麵好像很好吃，但他身上沒錢，只能遠遠地流著口水看著。

麵攤老闆說：「小兄弟，你肚子餓嗎？」

他說：「我因爲跟爸媽吵架，所以離家出走，已經兩天沒吃飯了。」

於是老闆煮了一碗麵請他吃，他很感動，一邊吃一邊掉眼淚。

老闆問：「怎麼吃到哭了呢？是麵太好吃了嗎？」

他搖搖頭：「不是，我覺得你眞是個好人，還請我吃麵，我好感動！」

這時老闆說：「我只是請你吃碗麵，你就可以這麼感動，但你爸媽養了你十幾年，你卻連聲謝謝也沒有，還跟他們吵架、離家出走，這樣對嗎？」

這個故事給了我很大的啓發，但卻是在我已經三十二歲的現在才聽到這個故事。

我一直在想，如果當年我正在墮落的時候就聽到這個小故事，我是不是就不會那麼糟糕了？

我想，答案是不一定的。

說不定十九歲那年的我，根本就不能懂得這個故事裡的深刻意涵。

當年爸爸給我的兩條路，我選了第一條。

一方面是我沒辦法籌到錢去補習，就算留在家裡自習，以我當時的程度，一定還是考不上。另一方面是，我沒有辦法再辦理緩徵了，區公所寄來兵單，要我去當兵。

有天晚上，很晚了，爸爸正在我家門外抽菸，順便擦拭他那部已經很老舊的野狼機車。

我走到他旁邊，跟他說了一句對不起，他轉頭看一看我，然後彈掉手上的菸灰，「去睡覺。」他說，冷冷地。

我不知道這是不是表示原諒我。

但那個一邊抽菸一邊擦拭野狼機車的背影，卻讓我看得很心痛。

在當兵之前，我上了台北一趟，目的地是新莊，目標是月亮。

在那之前，我打了月玫的宿舍電話，是她接的，她說她要上課沒空，要我別去找她。我說沒關係，我可以在學校附近等她，她幾點有空就幾點來，我絕對不會離開的，我一定會等到她來。

「你這是何必呢？」電話裡，她嚴肅地說，「早知如此，何必當初？」

「請妳給我機會，我會變得更好的。」我說。

「孟允，你能這樣想很好，但請不要爲了我變好，要爲你自己才對，好嗎？」

然後她就掛了電話，我再撥，也都沒人接。

一直到晚上，我至少打了三十通電話進她的宿舍，不是沒人接，就是正在佔線中打不通，再不然就是她室友說月玫不想接電話。

「請妳幫我轉告她，說我要去當兵了，我會寫信給她。」我說。

「好，我會幫你轉達。」

「謝謝妳。」

「還有什麼要轉達的嗎？」她的室友問。

「有……」

「什麼？」

「麻煩妳幫我跟她說聲謝謝，希望她有一天能原諒我，讓我再見她一面……」

「好。」說完，她的室友就掛電話了。

我知道這一切都是我搞砸的，我理該承擔之後所有的痛苦。

入伍前一天晚上，我還打了電話給阿修，跟他說我要去當兵了，要他記得來面會，順便寫信給我。

「你跟月如有在一起嗎？」

「有啊！」

「眞的假的？最後被你追到手了？」我驚訝地問著。

「那當然，我們在一起三個月，然後就分手了。」

「這麼快？」

「沒辦法，她在中壢我在嘉義，北部的男生比較活潑比較聰明也比較會追求女孩子，所以她就被別人追走了，我只能哭。」

「請節哀。」

「那你跟月玫呢？」他問。

「呃……跳過去吧。」

「怎麼了？也分手了？」

「應該算……是吧。」

「我們有這麼久沒聯絡了嗎？怎麼好像都不知道彼此發生了什麼事啊？」

「好像有耶。」我說。

「那我們要常聯絡，好嗎？」

「但是我要去當兵了。」

「沒關係，我會寫信給你，如果你放假，找時間來嘉義找我，好嗎？」

「好的。」我答應著。

那天晚上，我靜靜地躺在床上，看著天花板，再過幾個小時，我就要搭上國防部包下的火車，跟著一群即將被送入新兵中心的同梯，一起被載往台中的成功嶺了。

月玫啊，對不起。

曾經我以為我是個很不錯的人，我喜歡照顧自己所愛的人，我也樂於對所愛的人付出。但開始墮落之後，我才知道，其實我並沒有付出什麼，我只是不停地接受別人給我的關注。

我是個笨蛋。

而現在我想通了，我都懂了，也長大了，但為時已晚，對吧？

妳說的沒錯，我不應該為了妳而變得更好，應該要為了我自己才對，所以我會為自己變得更好的，請妳不要擔心。

但是，我想問妳：

「當我真的變得更好，妳願意回到我身邊嗎？」

然後，好多年之後，這個問題才有了答案。

你的命只能你自己活。

6

當完兵，我已經二十一歲了。

退伍後，我先找了一個工作，在一間生產腳踏車零件的工廠當作業員，月薪兩萬元，扣掉一些保險費，再加上偶爾的加班費，我一個月大概能拿到兩萬多一點點。

我把大部分的錢存下來，準備去補習班補習考大學，剩下的錢則做爲上了大學之後的學費跟生活費。

就這樣，我工作了一年多，又補習了一年，當我終於考上大學時，跟我同一年考聯考的，都是小我五歲的弟弟妹妹了。

而阿修呢？他考上了台大的研究所，已經是研一的學生。

而月玫呢？她已經輔大畢業，出國去念碩士了。

當兵時，我經常寫信給月玫，也常打電話給她。

她偶爾會回信給我，但次數不多，倒是阿修常常寫信來跟我打屁。

有一次放假，我搭火車到嘉義找阿修。

他帶我去吃有名的噴水火雞肉飯，但是我怎麼吃都沒有噴水，我問他，爲什麼這叫噴水火雞肉飯？

他指著小店外，路中心的圓環，說：「那個圓環會噴水，因爲這間店開在噴水圓環旁邊，所以叫噴水火雞肉飯。」

我看了一下那個圓環，「但是它現在沒在噴水啊。」我說。

「那裡面的噴水頭好像壞很久了。」

「所以已經不噴水了？」

「嗯，不噴了。」

「那這間店就要改成不噴水火雞肉飯啦。」

「不行，它還是要叫噴水火雞肉飯。」

「爲什麼？」

「因爲它開在噴水圓環旁邊。」

「但是它現在不噴水嘛！」

「那是因爲噴水頭壞了！」

「噴水頭壞了就是沒水噴了，沒水噴就是不噴水了，所以店名也要改不噴水火雞肉飯啊！」

「不行。」

「因為它開在噴水圓環旁邊。」

「為什麼？」

「阿修，你知道我們的對話正在跳針嗎？」

「不，我們並沒有在跳針。」

「怎麼說？」

「因為我的重點在火雞肉飯，你的重點在壞掉的噴水頭。」

「所以我們正在講不一樣的東西？」

「對！」他認真地點點頭，「沒錯！」

「我以為我們在聊的是火雞肉飯。」

「是的，我們『本來』在聊火雞肉飯，但『後來』你在聊壞掉的噴水頭。」

他講到重點時，還伸出雙手手指，做出代表引號的手勢，並且加強語氣。

「我是因為那個噴水頭壞了，才說該改名叫不噴水火雞肉飯的。」我解釋著。

「所以我說的沒錯，你在意的是噴水頭壞了，我在意的是火雞肉飯。」

「……」

「了解了嗎，孟允？」他拍拍我的肩膀，「這是哲學裡的『形而上學』說的『存在』，噴水頭確實存在，你不能因爲它壞了，就當它不存在了。」

我一頭霧水，「什麼形而上學？」

「形而上學，英文是 metaphysics，拉丁文是 metaphysica，意思是之後或之上，這個名詞是亞里士多德首創的，因爲關於一般性原理的作品被置於物理學作品之後，探求『自然的背後』的科學便因此得名。中文譯名的形而上學是取自《易經》的『形而上者謂之道，形而下者謂之器』這樣。」

語畢，我嘴巴開開的，完全不知道阿修到底在說什麼。

「算了，吃飯吧！這火雞肉飯眞的不錯吃。」他說。

阿修是念哲學系的，哲學念久了，整個人都變得很哲學。

吃完飯之後，他帶我到他學校去走走，那眞是個又大又美的學校。

我感嘆地說，如果高三時，我跟他一起用功，說不定我們連大學都會是同學。

「不會的，你不會是我的同學。」阿修說。

「爲什麼？你不想當我同學？」

「不是，」他笑了一笑，「我很樂意再跟你當同學啊，孟允，只是你的成績一直都比我好，腦袋也比我靈光，你一定會考上比我更好的學校的。」

「別挖苦我了，阿修，我現在是陸軍裡的小阿兵哥，你是國立中正大學的學生，結果你卻說我會考得比你好。」

「不然，來打賭吧！」

「賭什麼？怎麼賭？」

「你退伍後會再考大學吧？」

我點點頭，「當然會。」

「那我跟你賭，你一定會考得比我好。」

「比你好的定義是什麼？」

「至少前五志願你一定沒問題。」

「你太看得起我了吧？」

「是你太小看自己了。」

他伸出手來跟我打勾勾，我笑著接受了。

「輸的人怎麼辦？」我問。

「輸的人去把噴水圓環的噴水頭修好。」他說，我大笑了起來。

在回給我的其中一封信裡，月玫寫了她的手機號碼。

正在當兵的我並沒有錢買手機，只能用電話卡偶爾打給她。通常講沒幾句話，就看著電話卡的餘額一塊一塊地減少。

其中有一通電話，我鼓起勇氣，在她掛電話之前問了：「我還是很喜歡妳，我們還有機會嗎？」

電話那頭一陣沉默，我怕這個問題會讓她不高興，於是趕緊補了一句，「沒關係，妳不想回答沒關係，當我沒問，別生氣，對不起。」

「我沒生氣的，孟允。」

「喔，那就好。」我笑了笑，試圖化解尷尬。

「我也希望我們還有機會。」

「眞的嗎？」聽了我好高興。

「但是，我不知道從哪裡開始了。」

「只要妳願意給我機會，我們隨時可以開始。」

「隨緣吧，孟允。」

「嗯，好！隨緣！」我說。

只是這一隨緣，就過了好多年。

退伍隔天，月玫來我家找我。她拿了一個圓圓的綠豆椪大餅，說要送給我，當做是慶祝退伍的禮物。

整整兩年沒見到她，我心裡還有當年剛追求她時的悸動，也還有墮落時對不起她的愧疚。

那是一種陌生的熟悉感，還是一種熟悉的陌生感，我不知道該怎麼分辨，我只是接過綠豆椪，然後看著她的眼睛，看著她臉上那一點一點我覺得很可愛的雀斑，然後傻笑，「好久不見，妳依然很漂亮。」我說。

很難想像，你有多愛眼前這個女人，但她已經不是你的女朋友了。

因爲載她來我家的，是她的新男友，是她輔大的同學，而我能看見在十幾公尺遠的地方，他坐在機車上看著我的表情，看起來像是很平靜地在等月玫，但其實他是在向我炫耀著：「現在月玫是我的女朋友。」

那天晚上，我大概哭了有兩個小時吧。

那種椎心刺骨的痛無情地一陣陣向我襲來，每當我想起她跨上男朋友的機車，伴隨著引擎聲，呼嘯遠離我的畫面，我就想起當年我騎著腳踏車陪她回家的樣子、我騎著腳踏車載她到處跑的樣子，還有我偷騎媽媽的摩托車載她去兜風的樣子，還有她依然喜歡著我的樣子。

但一切都過去了，消失了，再也回不來了。

我第三次的大學聯考結果：東海大學歷史系。

我並沒有考上前五志願，所以阿修得去把噴水圓環的噴水頭修好。

他罵我是不是故意不認真念書，我說我可是卯足了全力，他說那爲什麼會只上東海而不是台大政大，我說我也不知道，大概是太多年沒念書了，腦袋遲鈍了吧。

確定考上東海後的第一時間，我就打電話給月玫，但她的電話一直轉到語音信箱。我撥了她高雄家裡的電話號碼，她爸爸說她已經去美國念研究所了。

在東海的四年裡，我交了一個女朋友，交往了一年半。她叫陳瑜芬，我們在大二下學期時在一起，那個悲慘的冬末春初。

她跟月玫一點都不像，沒有任何一個地方有雷同之處，而且她有嚴重的公主病。

其實我也很疑惑，爲什麼我會跟她在一起，後來我發現，我大概只喜歡她的笑吧。

我並沒有追求她，是她來追求我的。

我還記得她要跟我在一起那天，問了我一句話：「你覺得葉孟允這個人怎麼樣？」

我思考了三秒鐘，「非常爛！」

「那你覺得陳瑜芬這個人怎麼樣？」她又問。

「高貴大方又有內涵，而且，我喜歡她的笑。」我說。

「你除了喜歡她的笑之外，還喜歡她什麼？」

「嗯……」我思考著，「就……笑，這樣。」

「那如果她說她喜歡葉孟允，你覺得葉孟允會跟她在一起嗎？」

「咦？」我到這時候才知道她在跟我表白。

然後我就被她吻了。

然後我就莫名其妙跟她在一起了。

莫名其妙地。

7

陳瑜芬喜歡帶著我出去，跟她的朋友一起玩，她覺得那是一種完美狀態的社交，我說的是社交，不是性交，請不要搞混。

但其實我不太喜歡像寵物一樣，被帶出去觀賞，還被品頭論足，所以我跟她說：「可以的話，我想減少跟妳朋友一起出去的機率。」

「爲什麼？」

「因爲我不太喜歡這種……」

「但你不覺得，帶著自己的另一半去跟朋友見面，是一件非常美麗的事嗎？大家都會看見你的幸福，也都會祝福你的幸福。」她說。

「妳確定每個人都會祝福妳的幸福嗎？」

「那當然，」她驕傲地說著，「我是陳瑜芬耶！」

其實這時候我就應該知道她是個阿呆兼公主病患者，但我眞的很遲鈍又很笨。

她有時候會跟自己的姊妹出去吃消夜或是夜唱，通常我不會跟，也不會不准她去，一方面是我沒興趣聽一堆女人講話，一方面是我不喜歡夜唱這種活動。

但是，當我晚上要跟同學一起去打個球，她居然不准。打球耶，籃球桌球保齡球，她都不准。原因是她需要人陪。

「妳可以跟我一起去打球啊！」我說。

「不要，那會流汗，而且好無聊。」

「……」

因爲我的年紀比她大五歲多，所以她常常跟朋友說，她跟一個年紀很老的大叔在一起。其實我是不會生氣的，畢竟她跟我在一起時才剛滿二十歲，但我已經快二十六了，被叫大叔也還好。

但是當我跟自己的同學說，我跟一個嘴巴唸不停的母雞在一起時，她就會當場翻臉。

她還規定我要給她所有帳號跟密碼，不管是網路信箱還是ＢＢＳ站的帳號，甚至是我提款卡的密碼她都要知道。

我的手機要隨時交給她檢查，確認有沒有女孩子傳訊息給我，但是她的手機裡有一堆男生傳給她的訊息，她說那是她受歡迎，叫我不能管。

後來，有一次我們約好去台中市看電影吃晚餐，我騎著摩托車去載她，但不知道爲什麼，她竟然有些不高興，問她怎麼了也不講。到了電影院附近，我問她要吃什麼，她說要吃高級鐵板燒，我說我沒帶那麼多錢，改天再吃好嗎，她就結一張屎臉給我看，我問她怎麼了，是不是心情不好，她又沒說話。

好不容易，我們找了一間還不錯的日本料理店坐了下來，我問她想吃什麼，她說我點就好，但是等到菜都上了，她卻連筷子都不動。

「妳到底怎麼了？說出來好嗎？」我問。

「你知道今天是什麼日子嗎？」

「嗯？不知道。」

「是陳瑜芬的生日。」

「啊！對耶！是妳的生日耶！生日快樂！」我說。

「你還記得陳瑜芬是誰嗎？」

「怎麼會問這種問題？我當然記得啊，是妳啊！」

「那我是誰？」

「妳是我女朋友啊。」

「那你怎麼會忘記女朋友的生日呢？」

「我……對不起，我眞的忘記了。」

「這麼重要的日子你都會忘記？你根本不愛我嘛！」

「我只是忘了，這跟愛不愛妳沒關係。」

「夠愛就會記得！」

「這……這沒有直接關係的。」

「當然有！」她開始跟我吵。

「好！」我也耐不住性子了，「那我問妳，我們在一起第一天是幾月幾號？」

她聽完，只是瞪著我，沒說話。

「妳不知道，對吧？」

「……」她無言。

「是三月四號。」

「哼！」她把頭轉過一邊去。

「這麼重要的日子妳都會忘記，妳就是不愛我嘛！」

「那是你們男生該記得的！」她非常的理直氣壯。

「喔！是這樣啊！那請問一下，妳們女生該記得什麼？」

她氣得滿臉通紅，一雙怒眼不停地瞪著我。

我深呼吸了一口氣，「我不想跟妳吵架，這一點好處也沒有，我們好好地把這頓飯吃完，然後開心地去看電影，好嗎？」

語畢，過了三秒鐘，她大小姐拎起包包，氣沖沖地走出店門口。

我趕緊追出去，並且先塞給服務生一千元，「如果不夠，我等等回來補！」

只見她一個人站在路邊招計程車，我很快地把她拉回人行道上，「妳這是在幹嘛？」因為路邊車水馬龍，噪音很大，我提高了音量。

「你這麼凶幹嘛？」

「我……好，對不起，我太大聲了，很抱歉，能不能請妳好好地跟我說，不要耍大小姐脾氣，好嗎？」

「我哪裡有大小姐脾氣？你忘了人家生日還沒道歉，竟然還怪我耍脾氣？」

「我剛剛道過歉了。」

「哪有？我沒聽到啊！」她說話愈來愈大聲。

「好，我再一次跟妳道歉。」我說。

「我不想聽你的道歉！」

「我要回家了！我不要吃飯也不要看電影了！我不要再跟你在一起了！」

我站在原地冷靜了一下子，她還是氣得滿臉通紅，但她沒有去叫計程車，也沒走進日本料理店，她就是站在那裡，等著看我要怎麼處理接下來的事。

「我幫妳叫計程車。」我說。說完我就走到路邊，一下子就來了一輛計程車。

「葉孟允！你敢叫車子試試看，看我敢不敢跟你分手。」她氣呼呼地。

計程車停下，我打開前座的車門，「司機大哥，麻煩你載我朋友回東海大學，謝謝。」

說完，我就把後車門打開，把她牽進後座。

「葉孟允，我現在才知道你根本不愛我！」她上車之前，轉頭跟我說。

我笑了一笑，「妳說得對，瑜芬，這眞的不是愛，因爲愛不會是這樣的。」

我不知道她聽得懂還是不懂，但那已經不重要了。

關上車門前，我看見她的眼淚掉了下來。

車子駛離我的視線，我走回日本料理店繼續吃飯，心裡有一種完全抒解之後的輕鬆感，也有一陣心痛襲上來。

「那妳到底想怎樣？」

我回想起當年月玫一直在鼓勵我要好好努力念書，但我卻自以為可憐地跟她說什麼「我配不上妳了」、「妳是個大學生，我是個落榜生」、「妳是學姊，我是學弟」等等的話，我跟瑜芬不也是同一種人嗎？

「當年，我也是這樣傷害了月玫吧！」我自言自語著。

大學畢業那年，我已經滿二十七歲了。

阿修早就念完哲學所，也當完兵了，正在一間補習班補習，打算考理財證照，他說念哲學實在是不知道要幹嘛，還是賺錢比較實際。

月玫在美國待了三年，又工作了一年，她回到台灣的時候，我剛好大學畢業。

我在一家汽車大廠擔任倉庫管理員的工作，很公式化的工作內容、很公式化的日子，我過了兩年，都已經二十九歲了。

後來我想著，都已經要迎來我的而立之年了，我竟然還在這間倉庫裡混，這樣我能混出什麼名堂呢？我覺得應該要離開這個地方，到外面去闖闖，所以我去應徵了物流士的工作。

面試官問我能不能長期在北台灣工作，我說可以，他又問我對物流有多少認知，我說我只知道把東西送到客戶手上就是了，「使命必達！」我還補了這句話。

但是他並沒有笑，他只是很嚴肅地看著我，「我們不是Fedex。」

眞是沒有幽默感的人。

然後我就錄取了，很快地，我就離開高雄，到台北工作。

其實我一直都知道，月玫回台灣之後就到台北工作，她在一間大公司當英文翻譯。她大學念的是中文，到國外念的是企業管理，這兩個科系跟翻譯完全搭不上邊，但是她爲什麼會去當翻譯呢？

「她的朋友介紹她去的。」電話裡，她的媽媽這麼告訴我。

那是我還在當倉管時打的電話，從那一刻起，我的心就這樣飛到台北了。

我問了她媽媽，能不能給我她的手機號碼，因爲她的舊號碼早就已經停用了。她媽媽說要問問她本人，才能給我答案，就這樣問了兩年，我什麼也沒有拿到。

或許她眞的不想再跟我聯絡了吧。

或許我眞的不應該再去打擾她了。

我最後一次看見月玫，是我在台北送貨的第二年冬天。

月如把月玫的電話給了我，用訊息給的。

訊息是這樣寫的：「這是月玫的電話，○九××××××××，她很高興你還沒忘記她。」

當天我立刻就打給月玫了，那是上班時間，我跟佑哥正在送貨到新竹的路上。電話沒人接，轉進語音信箱，我猜她正在忙，於是我心急地立刻傳了一則訊息給她：

「月玫，我是孟允，好久不見。我現在在台北工作，如果可以的話，讓我請妳吃飯好嗎？」

而這時佑哥正在罵一部變換車道不打方向燈的小客車，「幹你媽的是手殘還是腦殘？變換車道是不會打方向燈喔？媽的信不信我把你抓下來打暴門牙？」

「佑哥，你不是要學佛祖說的，放下，目空一切嗎？」

「拎北現在這兩顆目怎麼也空不了了啦，火大了啦！」他說。

「……」

那天下午，月玫回了電話給我，說她晚上有空，可以跟我去吃飯。她也很想再跟我見面說說話。

我們約在天母的一家西餐廳，吃的是義大利菜。

那天我們聊了很多很多，把這些年沒有交集的那一大部分都說了一遍，包括她交了幾個男朋友，她在美國三年的生活，她如何一個人在芝加哥度過英文很破的那幾個月，還有她在輔大念書的日子。

我說我很抱歉當年傷害了她，她說那都已經是過往雲煙了，過去了就算了，不需要一直放在心上。

「但是我沒辦法忘記，我一直覺得對妳有所虧欠。」我說。

「你對我沒有虧欠，你該說對不起的是你自己。」

「我已經跟我自己說過很多次對不起了。」

「那就好了。」

「但是我最想說對不起的人是妳。」

「眞的不用，我早就忘了那些事，也早就不怪你了。」

「妳還記得我們剛認識的時候嗎？」

「當然記得。」

「妳好，我是葉孟允，三班的。」

「我是黃月玫，十一班的。」

說完，我們哈哈大笑了起來。

「如果妳那時候眞的上台唱歌了，妳覺得妳會得名嗎？」我說。

「不會吧，那時候有好多很會唱歌的高手。」

「妳曾經後悔跟我一起蹺了那次比賽嗎？」

「哈哈哈，」她笑了出來，「好後悔喔，那兩支警告真的害慘我了，害我回家還要跟爸媽解釋，我撒了一個謊，說那是跑步比賽，但我那天腳不舒服沒辦法跑。哈哈哈，我好賊啊！」

「但是如果妳沒蹺了那次比賽，我們就沒辦法在一起了。」

「嗯……」原本大笑的她這時只剩下淺淺的微笑，「是啊。」

「後悔跟我在一起嗎？」

「我們已經不在一起了，孟允。」

「我是說當年。」

「不後悔啊，當年你可知道我有多喜歡你嗎？」

「多喜歡？」

「喜歡到我覺得我一定要跟你念同一所大學，然後一起畢業，一起去工作，如果可以，我希望就這樣不要變了。」她說。

「不要……變了？」

「對呀，我希望就這樣不要變了。」

她停頓了一下，「但是，事情總是跟想像的不一樣。」

「對不起。」

「你別再說對不起了，我不想聽對不起。」

「我們有機會再重來嗎？」

「你……」

「我們都不再是當年的孩子了，我也爲了自己變得更好了，妳願意給我機會，讓我們重來一次嗎？」

「孟允，你不要這樣，我們今天是出來吃飯的，要開開心心的……」

她話還沒說完，我便從口袋裡拿出一個東西。

她看見那個東西之後，很吃驚地掩住嘴巴，沒過幾秒鐘，眼淚就掉下來了。

那是當年她拿來跟我換紅豆牛奶冰的十九號號碼牌，還有我的十八號。

「我在家裡的書桌上找到它們，我們認識的第一天，我就把這兩張紙夾在英文辭典裡，一直到我第三次考大學的時候，把辭典拿出來翻，它們才掉出來，完整無缺地。」我說。

「你……」她的眼淚一直掉，想說話卻說不出來。

「月玫，我眞的很抱歉，那些日子對不起妳，也謝謝妳的原諒。

「我眞的很希望有機會能補償妳。

「給我們彼此一個機會吧，給我一個機會吧。

「跟我走，好嗎？」

多年之後，我終於又問了當年我最常問的問題。

只是，她的答案卻跟當年不一樣了。

「孟允……我明年就要結婚了。」她說。

我希望就這樣，不要變了。

所以，她早就不是當年那個還在念高中的月玫了，她再也不會跟我走了。

所以，這也就是現在爲什麼我要搭高鐵北上的原因。

8

農曆年剛過不久，二月的台北還是很冷。

我看著她的喜帖，看著她的名字旁邊印著另一個我不認識的名字，我想起那年那張被記警告的獎懲告示，不禁心酸了起來。

那天晚餐之後，我答應她，一定會參加她的婚禮，一定會包一個很大的紅包來爲她祝福。

台北車站的設計眞的會讓人迷路。

四方型的建築，四個方向都還各有三個一模一樣的門，要不是我在台北待過一段時間，我還眞不知道到底哪一邊是哪一邊。

走出北三門，我攔了一部計程車，「司機麻煩你，君悅酒店。」

一個人坐在車後座，一陣落寞來襲，我想拿手機出來打個電動分散注意力，手一摸口袋才發現，幹，完了，我的手機掉了。

掉在哪裡？我不知道。在高鐵上嗎？還是在台北車站？

我腦袋裡思索著走過的地方，卻沒有任何頭緒，接著我思索著該怎麼先把號碼停話，但心裡竟然一點都不爲手機掉了這件事而緊張，或許它只是一支手機，掉了就掉了，儘管重新收集朋友的電話很麻煩，但失去一支手機總比失去一段感情好吧。

眞的，總比失去一段感情好。

「跟我走，好嗎？」

「我明年就要結婚了。」

我又想起這段對話了。

我想我不只失去一段感情，我還失去同一個人，好幾次。

就算我再怎麼從過去的錯誤裡學到教訓與經驗，並且懂得珍惜，那些回不來的就是回不來了，失去的就是失去的了。

到了酒店，我走到喜宴的宴會廳，在門外看見她跟她先生的結婚照，旁邊還有一大本他們的婚紗特輯。

我心痛了一下。

我走到收禮金的桌前，在那裡看見忙東忙西的月如，她大概有三十四E的胸前別了一個名牌，上面寫著美麗的招待，但只有「招待」兩個字是列印的，前面「美麗的」三個字是手寫的。

那瞬間我不知道要看她的臉，還是要看那牌子旁邊的乳溝……

月如說月玫一直在等我，說有事要告訴我，要我放下禮金、簽完名就去新娘休息室找她。

「好，妳先忙，至少讓我看過月玫的結婚照。」

「那你看完來找我喔！」

「好，我等等找妳。」我說。

然後我走向前檯，放下禮金，收禮的應該是月玫的親戚，表妹或堂妹之類的，長得跟月玫有點像，最像的是臉上也有可愛的小雀斑。

「請你簽個名。」那女孩拿出禮金簿，指著一個空格，要我填上名字。

「好。」我點點頭。

當年我一直跟月玫說，我不喜歡高雄，我一定要離開高雄；她一直說她要留在高雄，不要離開。

現在，她嫁到台北來了，而我卻留在高雄了。

那天，我並沒有參加她的喜宴，我甚至沒有打電話或是傳簡訊跟她說很抱歉，我失約了。

我只是放下了禮金，然後轉身下樓，走出酒店門口，攔了一部計程車，搭到台北車站，買了高鐵票，回高雄。

我想，她應該不會怪我吧。

至於那禮金簿上的空格，我並沒有寫上我的名字。

我只是拿起簽字筆，寫了四個字：

祝妳幸福。

祝妳幸福。

渴愛

回憶，意思就是回到記憶裡。

而記憶是用生命寫下的，所以生命就等於是記憶了嗎？

不，這是不對的。

因為記憶可以重來，可以存取，可以不斷地被讀取和翻閱。

但生命不能重來。

真情書

1

母親說我出生的那個月，一連下了好幾天的大雷雨。天氣壞得讓人不敢出門，每天都聽得見雷電鑿破雲層的聲音，像砲彈在天空引爆那樣，震耳欲聾。

因為我出生時伴隨著多日雨天，所以父親本來要將我取名為「向雨」。因為他崇拜西楚霸王項羽，而雨天伴我出世是天意，是該取名為向雨。但當他發現從母親肚子裡蹦出來、滿身是血水的嬰孩竟然沒有小雞雞時，他失望地說：「項羽沒了，向雨也沒了。」

這些話是母親轉述給我聽的，因為父親去世得早，我還只是個小學生，他就急著回天堂去跟佛祖報到了。

母親知道父親一直想要個兒子，但我出生之後，父親的健康狀況便一日一日地衰退，他五十七歲時才娶了二十歲的母親，老來才得女，得女後就無力再生子了。所以，他們就只有我這麼一個女兒。

「我希望這個孩子聰慧溫文，就叫她慧文吧。」

「喔！在文的上面加個雨字吧，她是雨帶來的呀！」

父親說。

我就這樣被取名為向慧雯。

其實父親在大陸是有老婆跟孩子的，所以我有一個大我三十多歲的姊姊，但是她只活了十年，就因為戰爭，不幸跟著母親一同離世。父親隨部隊逃到台灣，一個人過日子，直到遇見母親，他才決定是該再找一個人過下半輩子了。

母親是個簡單的人，她只求人家待她好，待她家人也好，人品佳，性格不火爆，年紀差距沒關係。

母親說，媒人向外婆說了好幾次媒，也看了幾個對象，但沒有一個是母親看得上眼的。不是感覺笨拙又愚昧，就是一副公子哥大男人的姿態，唯獨父親謙恭有禮。

父親的年紀其實比外婆外公還要大，但他們卻很喜歡父親。

我聽過外婆說，那感覺像是上輩子認識的親人，這輩子又碰在一起了，注定要當好幾輩子一家人。

我喜歡「注定」這個隱形的圈圈，好多好多人因為這個圈圈而被圈在一起，永遠不分離呀！

父親的英俊瀟灑，以及母親的美麗漂亮，我完完整整地各複製了一半。小時候家裡不算富裕，只是小康。到相館去拍一張全家福，擺在家裡的櫃子上，就已經算是很棒的擺飾了。

從那張已經黃得很難看得出本來是黑白照的照片上，看見我兩歲時的樣子，還眞是有點驚訝於自己的俊俏。

「妳還眞不辜負妳爸爸的期待，小時候一點也不像個女孩子。」母親說。

即便我已經國小六年級了，還是跟著村裡的男孩子到溪邊去玩水洗澡，他們把衣服全脫在佈滿石頭的岸上，在那些衣服裡面，你可以很輕易地找到我的裙子。

阿姨是母親的妹妹，她終於看不下去了。

一天放學，她把我拉到家裡客廳，在母親的面前，要我站好，然後很嚴厲地訓斥我：「慧雯呀，妳到底知不知道自己是個女孩子家？妳都已經十二歲了，還跟著一群男孩子到處去玩，還脫光了衣服在河裡洗澡，妳這是什麼體統？」

母親聽了也很生氣，疾言厲色地交代：「我不許妳再跟那些男孩子一起去溪邊玩，聽見沒有？」

我發誓，我眞的是在那時才意識到，原來我眞的不是男孩子，原來我跟男孩子是不一樣的。也是那時候我才開始知道，女孩子家要跟男孩子保持一些距離，不然會被街坊鄰居街頭巷尾地說三道四罵隨便。

我發育得較其他女同學要晚，十二歲時還沒有長出胸部，第一次月經也是十四歲才到。

第一次月經到來之後，原本要花好幾年才能發育完成的那些階段與成果，幾乎都在十五歲那年完成了。

我不再是那個長得矮矮小小的向慧雯，而是一個已經高一百六十五公分，體重四十八公斤的女孩，而且有著會把制服繃得緊緊的胸部。

十五歲那年，同時追求我的男孩子就有好幾個，我想他們是被我嚇著了，才會不小心喜歡上我。本來大家都是玩在一塊兒的朋友同學，其中還有幾個臭男生硬是給我取了一個男人婆的外號，在七〇年代，那可是一個非常前衛的稱號，代表一個女孩子完全不像女孩子的稱號。

爲什麼呢？因爲我之前幾乎沒什麼發育呀。

一個頭髮短又沒發育，又凶又沒氣質的女孩子被他們叫男人婆其實也是挺正常的。

有一天我又聽到他們跟在我後頭說：「嘿嘿！男人婆，要去哪裡啊？去追女孩子嗎？一起去吧！」

而我生氣地回頭大聲怒斥：「哪天如果我變漂亮了，你們就不要喜歡上我！」

我還記得當時他們笑翻成一團的畫面，跟現在他們時常拿情書追著我跑的樣子眞是天差地別。

「哎呀慧雯，請妳原諒我，男人婆三個字不是我先叫的，是那個誰誰誰先這樣喊妳的，我只是附和而已，妳不要不理我啊，我其實是很喜歡妳的，從妳是男人婆的時候就喜歡妳了。」他們每一個人都這麼說。

而我只是敷衍地笑一笑，沒有給過他們任何機會。

其中一個追求我的男生，是初中時我隔壁班的同學。他跟那些叫我男人婆的臭男生不是同一派的，這一點，使得他的起點分數就比那幾個臭男生多了好幾分。

他叫阿豪，是讓我這輩子第一次有「喜歡」的感覺的男生。可惜日子過了太久，我忘了他的名字，只記得他叫阿豪，只記得他有一雙會笑的眼睛，還有黝黑高壯的身材。

有一天他寫了一封情書，趁著下課時間，直接交給坐在窗戶旁邊、正在發呆的我，我從他手上接過那封信，抬頭看見一張好有親切感的臉孔，笑得很自然又帶著靦腆，眼睛彎得像是夏天的弦月。

依稀記得那封信的內容，主要是在介紹他自己，包括他喜歡打球、家住在哪裡、他有幾個兄弟姊妹，還有他在班上的座號。（他告訴我這個幹嘛？）

然後他說明了什麼時候在哪裡看見我，早在初二的時候，就覺得我是個可愛的女孩子，他被我的清新自然所吸引，希望有機會能跟我認識、做朋友，更希望能找我一起去散步或是打球。

我很壞，我故意不回他信。

隔天在學校遇見他，他又看著我傻笑，我面無表情地走過去，僅用眼角的餘光去注意他。他還是笑得很開心，我又看見那雙彎得像是弦月的眼睛。

沒幾天後，坐在座位上的我又收到他的信，這次他不只是笑，還說話了，「我等妳回信，好嗎？」語畢，他又繼續傻笑，笑到我們班的女孩子都覺得他好可愛，很想像捏寵物一樣地捏一下他那張笑臉。

這封信的內容，主要是說他的腳踏車壞了，所以去買了一部新的，要我別認錯他的車。（他跟我說這個幹嘛？）還有他第一次寫信給我的時候揉掉了多少張信紙，又因為寫錯了多少個字而重來，還有他煩惱著該怎麼拿信給我，他緊張著不知道該跟我說些什麼，又因為沒收到回信，他害怕是不是上一封信寫錯了什麼惹我生氣……

諸如此類的。

而我依然故意不回信，但是我對他的好感卻與日俱增。我開始偷偷地注意他，看他走路、看他打球、看他跟同學說話的樣子，我似乎在尋找什麼似地，不停地觀察他，像是想從他身上再找到多一些理由來說服自己：「是的，向慧雯，妳喜歡上他了。」即使我見到他的時候，已經有一種緊張害怕但又期待的感覺存在。

第二封信之後，我見到他的機率增加了不少。不知道是我刻意不躲避他的結果，還是他刻意製造遇見我的機會所致。

本來一天大概只能見到個三、四次，結果卻變成每節下課都能看見他站在我教室門口附近跟同學說話，等著跟我四目相接時招手，當然也不忘奉送他的傻笑。還有放學後，在學校門口，他總會跑過來問我：「妳要回家啦？」我點點頭，然後他就說拜拜了。

笨蛋！

你就不會問我「我可以陪妳走回家嗎？慧雯」嗎？

又過了一陣子，我第三次在座位上收到他的第三封信，這次他不只說了「我等妳回信」，他還說了「妳一定要回信」。離開之前，又露出他的招牌笑容跟我揮手。我們班有個女同學跑來，對我說：「慧雯，如果妳眞的不喜歡他，就把他讓給我吧，好嗎？他好可愛啊！」

我怎麼可能把自己喜歡的人讓給妳呢，同學？

我還沒回他信呢，他只是在等我點頭答應交往呢。

第三封信的內容，他說上次月考他考了第二名，然後數學考了幾分這樣。（他跟我說這些幹嘛？）還有他想告訴我，他有多喜歡我，希望我能給他多一點回應，不然他真的不知道該怎麼辦。

這天晚上，我做完了功課，從書包裡的最後一個夾層，拿出他寫給我的三封信。

我把這三封信從頭到尾溫習了一次，一種羞澀的滿足感在心裡熨開，帶來滿心的溫暖。

正當我猶豫著，不知該在回信裡寫些什麼時，我無意間寫下了「該怎麼說呢」這句話，突然有了個小小的靈感。

「如果回信就只有這麼一句話，阿豪會有什麼反應呢？」我心裡這麼想著，手就順勢把回信給摺好放進書包了。

隔天，他跑到我的窗戶旁邊問我：「妳寫好回信了嗎？」

我故意搖搖頭，要他下一節再來。等到下一節到了，我又故意搖搖頭，請他下一節再來。就這樣，我搖頭搖到放學。

他依然在學校門口等我，我知道他總是衝第一，率先離開他的教室，跑到校門口去，因爲他不能在我們班等我，那是會被老師發現的，是會被送校規處置的，中學生談戀愛是會被記過的。

是的，那是個不准中學生談戀愛的年代，我十五歲的時候，正是一九七九年，時代封閉，有許多事情是不被允許的，連我們頭髮修剪的長度都有規定，長髮是不被允許的。

在校門口，我經過他身邊，把那封只有一句話的回信交給他。

我見他拿了信就興奮地狂奔，一下子就消失在路的盡頭，突然間我心裡有個好大的疑問，我是不是喜歡上一個不正常的人了呢？

然後我很快地收到他的回信，他也很性格地只回我一句話：

「就說我喜歡你就好了，其他的什麼都不用說。」

只是，我一直都沒有告訴他我也喜歡他，好像有一種看不見的阻力在阻止我對他坦白這一直存在我心裡眞實的感覺，好像我不該讓他這麼快就追求成功，好像我該多設一些難關，讓他去層層克服了之後，才能救出住在塔頂的公主。

但是我忘了，其實我不是公主，我也不住在塔頂上。

我只是個普通女孩，而他只是個喜歡我的普通男孩。那個年代沒有什麼消遣跟娛樂，我們頂多只能去茶館喝喝紅茶，電影院則是大都市才有的東西，而我們住在雲林鄉下的小村莊，附近最大的斗六鎮上，也只有火車站前那棟樓下就是撞球間的商場是最多人潮聚集的地方。

我第一次喝到什麼是冰紅茶，就是他請我去的。我終於答應了他的第一次約會。茶才剛送來，他就拿出一個小盒子，裡面裝著一條項鍊，墜飾是一顆白色的小珠子。他說這是要送給我的，我嚇得不敢收，硬是要他拿回家。他說，他爸爸希望他高中念完就結婚，然後繼承家業，希望我跟他先訂婚，這項鍊是他爸爸給的，過一陣子會慎重其事地到我家提親。

然後他開始述說他家的歷史，從爺爺說到他自己，從小小的店舖說到他家那間現在已經是村裡最大的家電舖，將來還會到鎮上開設規模更大的店面。

聽到訂婚兩個字，再看見那條項鍊，接下來他愈說我愈是面無表情地看著他，一杯冰紅茶還沒喝完，我就已經沒有繼續約會下去的興致了。

「對不起，我不想結婚。」

「妳總是要結婚的，慧雯，沒關係，妳幾歲要結婚，我等妳。」他說。

「對不起，我眞的不想結婚，我們現在才十五歲，你怎麼會跟我談這樣的事呢？」

「我爸爸年紀很大了，他希望能看見我成家立業。」

「你的成家立業跟我沒關係，你爸爸年紀大了也跟我沒關係，不是嗎？」

「這個我清楚，不過這是他老人家的心願，身爲他唯一的兒子，我是必須尊重他的意思的。」

「對不起，我無法拿我的青春陪你一起尊重他。」

「妳不喜歡我嗎？」

「這是什麼樣的問題？」

「如果妳喜歡我，妳難道不願意爲愛犧牲一點嗎？」

「喜歡你就要爲愛犧牲，那我寧可無愛了。」

「妳還沒有回答我呢，慧雯，妳喜歡我嗎？」

「不喜歡。」

「是眞話嗎？從來沒喜歡過嗎？」

「是的，」我說了謊，「從來沒喜歡過。」

那是我這輩子第一次最接近愛情的時候，卻毀在一個父親希望兒子盡早成家立業的自私想法上。

女人的青春可以用來浪費在相愛相廝相守上，甚至是癡癡地等待誰的回眸一笑，但絕不是用來滿足誰的私人想法。

我第一次種下的感情種子，在還沒開花的時候就已經謝了。

我再也沒有接到他的信，而他開始追求我們班的另一個女孩子，一直到畢業了、要考高中，我和阿豪再沒有任何交集。

我在家附近的空地上挖了一個小土洞，埋藏他寫給我的那三封信，當時我試圖讓幾滴難過的眼淚陪葬，但無奈哭不出來，只有沉重的失落感。

而在那一瞬間，我思考著一個問題，「會不會，愛情對我來說，會是個長遠的難解之題呢？」

答案，時間會告訴我。

女人的青春可以用來浪費在相愛相廝相守上，甚至是癡癡地等待誰的回眸一笑，但絕不是用來滿足誰的私人想法。

2

高中考上嘉女，我開始了每天通勤的日子。

總是天還沒亮，我就已經站在斗六火車站的月台上，等待最早一班，五點五十三分的平快車，我習慣走進第六節車廂，找一個靠窗的偶數號座位坐下，等待列車把我從斗六載到三十一．二公里外的嘉義車站。

我好熟悉這班車子呢。

那已經斑駁剝落的月台漆，第六車廂停靠點的那根柱子上的斗六兩字不清楚，看起來像是斗八，那個每天都從第一節車廂停靠點走到第九節車廂停靠點的站長先生，還有幾乎每天都會見面查票的胖胖列車長，我還知道他姓江。

坐在列車裡，我時而拿起書本念著，時而抱著書包打盹，夏天天氣好的時候，我會一直盯著剛起床的橘紅色太陽看，過了斗南站，它就已經強烈刺眼到不能再直視了。天氣不好的時候，我會看著天空，想著今天的雨勢會有多大呢？若是已經下雨，我會隨機選擇一顆車窗上的雨滴，計算它多久之後會被風吹得往後跑。

冬天太陽起得晚，通常得過了石龜站，天邊才開始泛出魚肚白。清晨寒冷的月台時而有冷風吹來，母親買了一條紅白相間的圍巾給我，那和我的白色制服正好適配，我喜歡把鼻子埋在圍巾裡呼吸，偶爾氣溫很低的日子，我只露出一雙眼睛。

每天來回斗六跟嘉義，要花掉兩個多小時的時間，車廂裡的光陰都是往後跑的，隨著那些熟悉的風景一幕一幕一格一格不停地後退。那段通勤的路我走了三年，那些景色就陪了我三年，鐵道旁四散零落的住戶像是陪我上學的夥伴，在他們身上，我看見某種規律與變化。

有個爺爺每天早上都會在他家後院做伸展操，我每天都會在車窗裡面，看著車窗外面的他，扭動他僵硬的腰桿子。

有個阿姨習慣一大早洗衣服，一段沒有圍著水泥欄杆的鐵道外是她做事的地方，因爲有條水溝流過那兒，她拿著木棒敲打已經浸濕的衣服，那是以前的人習慣的洗衣法。

有一段路是一望無際的水稻田，天氣好的時候，你可以數遍田裡插著的每一個稻草人，一共有二十個。天氣迷濛的時候，霧會吃掉一半的稻草人，剩下的一半，只有五、六個會比較清楚地跟你見面，烏鴉與麻雀各自佔領它們的肩膀。

不知道多久之後，那個做體操的爺爺就再也不見踪影了。

不知道多久之後，那個洗衣阿姨變胖了許多，但她還是喜歡一大早洗衣服。

真情書

不知道多久之後，洗衣阿姨家附近會有另一個可愛的阿姨，繞著她家後面的小池塘跑步，有隻小黃狗會跟在她的腳後跟，快步地走著。

而那一大片的水稻田，有一條新的大馬路從中間開了過去，鄉里開始建設，稻草人少了好幾個。

遇見彭冠德的時候，秋天正要來臨，大地緩慢地變了顏色。

其實我早就注意到他了，那個比我晚三站，總是在大林站上車的大男生。

他並不是每天都跟我搭同一班車上學，見到他的頻率大概是一個星期兩次，最多三次。有時候一整個星期，天天都看不見他，有時候會整個星期都看見他。

他的書包告訴我，他的學校是嘉義高中；他制服左胸前的年級槓告訴我，他跟我同年；右邊的藍色繡字告訴我，他的名字叫做彭冠德；他比一般男生高半個頭的身材告訴我，他適合打籃球。

而他被我踩破的眼鏡告訴我，應該要賠一副給他。

我不是故意要踩壞他的眼鏡，我根本就沒有看見他的眼鏡在我的腳邊。

我只是在差點睡過站的那當下從座位上驚醒，站起身的時候，碰到他正在擦拭眼鏡的手，然後在眼鏡掉在地上的同時，踩斷了其中一支鏡腳。

我正想回頭說對不起撞到你的時候，那清脆的喀啦聲從地板傳入我的耳朵，而我的鞋底有一股壓斷枝狀物的感覺。

很好，他撿起眼鏡，一句話也沒說，對我笑了一笑，就搶在我前面下車了。

我追在他後頭，拍拍他的肩膀，「對不起，我不是故意的，眼鏡多少錢，我賠給你好嗎？」

他回頭，「沒關係，算了吧！」然後很酷地轉頭就走。

他長得很高，腳很長，走路又快，很快地消失在一大群學生當中。

隔天我刻意不在車上打瞌睡，就是爲了要等他。

列車接近大林站時，我特別注意月台上等車的人，並且很快地看見高人一等的他。

他走進第六節車廂時，我走到他身旁，拿了五十元給他。他說眼鏡已經修好了，不用賠，而且也沒那麼貴。我請他一定要讓我有所表示，不然至少讓我出修理費。

「我家就是開眼鏡行的，所以不用錢。」他說。

「你是說眞的嗎？」

「是眞的。」

「所以眞的不用錢？」

「當然不用錢。」

「那我要怎麼道歉？」

「妳昨天已經道過歉了，我並沒有怪妳，如果妳覺得不夠，那當我女朋友好了。」他說，並且露出自信的笑。

我從他的眼睛裡看見一道狡黠的光芒閃過，我在他的笑裡看見一種聰明又帶點邪氣的驕傲。

奇怪的是，我竟然沒有感覺到任何的反感。

但我是個女孩子，我不能輕易地放棄我的矜持，即使我並不討厭眼前這個有些自大又驕傲的男生，我還是得維持少女的矜持。

「對不起，這一點我目前辦不到。」我築起防禦，並板起臉孔。

「目前辦不到沒關係，那明天好了。」他還是笑著。

「我想明天也辦不到。」

「明天不行就後天吧。」

「後天也不行。」

「那後天不行就下個星期吧，下星期不行就下個月吧。」

「都辦不到。」

「那妳說個時間，不要是下輩子就好。」

「嘉義高中的男生都跟你一樣這麼輕浮嗎？」我刻意板起臉孔，想挫挫他的銳氣，讓他知難而退。

「我想應該只有我這樣而已。」他說。

「好，我記得你了，彭冠德。」

「哇！妳好棒！已經知道我的名字了。」

「我不是瞎子。」我指著他制服上的名字。

「那妳的名字呢？」

其實我的制服上是繡有名字的，但我很慶幸有在制服外多穿一件長袖薄外套的習慣，清晨的月台溫度總是比較低的。

「目前是祕密。」

「目前是祕密沒關係，明天再說也可以。」

「我想明天也會是祕密。」

「那我猜後天、下星期跟下個月都一樣是祕密。」他說，而我竟然沒出息地笑了出來。

可惡。

「是，你猜對了。」我收起笑容。

「妳應該多笑的，同學，妳笑起來好美。」

「你很習慣在火車上跟女孩子打情罵俏？」

「這是生平頭一遭。」

「是嗎？」我刻意哼一聲，「頭一遭就這麼熟巧？」

「嗯，妳用熟巧來稱讚我，可見妳很滿意我這一遭的表現。」他說。

我不得不說他的反應又快又好，而且他的聲音很好聽，有一種溫柔的磁性。

「既然你不想收下這五十元，那我要回我的位置了。」我把話題拉了回來。

「好，這五十元我收。」他從我手上拿過錢，「然後再用五十元跟妳買妳的名字。」他又把錢塞到我手上。

「我的名字沒這麼便宜。」

「嗯，我想也是，那這五十元還給妳，我們來打賭，如果我贏了，就告訴我妳的名字。」

「如果你輸了呢？」

「那我就在下一站下車，從民雄走路到我學校。」

「走路？那很遠的，你會遲到。」我說。

「那是我的事，妳不用擔心，願賭服輸，我說到就會做到。」他說。

「好，你要賭什麼？」

「等一下列車長會來驗票，對吧？」

「是。」

「我跟妳賭，來驗票的不會是本來的江列車長。」他說。

這是不可能的事情。

江列車長是這班平快車固定的列車長，只要搭這班車上學，我幾乎每天都會遇見他，從不見他缺席。

「你會輸的。」

「賭或不賭？」

「你明知會輸，爲什麼要賭？」

「妳不一定會贏。賭還是不賭？」

「我不想勝之不武，我天天都搭這班車，每天都會看見江列車長，我不想欺負你。」

「賭，還、是、不、賭？」

他又用那狡黠的眼神看著我，這可激發了我的鬥性。

「既然你那麼想輸，那就賭吧。」我說。

接著，大約十分鐘之後，我心不甘情不願地掀開長袖薄外套，讓他看見我繡在制服右邊的「向慧雯」三個字。

「江列車長是我舅舅，他今天休假，昨晚就住在我家了，代班的是李副列車長，他也是我家鄰居。」他說。

「所以你明知道自己一定贏……」

「為了要知道妳的名字，我怎麼會故意賭輸呢？」

「你作弊。」

「嗯……妳這麼說不太公道，雖然這確實有一種考前就知道答案的感覺。」

「對。」

「但我還是贏了。」

「你贏得不公平。」

「好吧，向慧雯同學，忘了我們剛剛的賭局吧。明天上學，同樣的六號車廂，同樣這個地方，我拿個東西給妳，就當是用那個東西跟妳換妳的芳名，好嗎？」

「我可以不答應嗎？」

「當然可以，明天我等妳，如果妳沒有來跟我說話，那就是妳不答應，好嗎？」

「但你已經知道我的名字了，這交換東西的約定根本就不公平。」

「所以妳更該來跟我拿那個東西，對吧？」

「……」

「明天見。」他說。

我的喉頭有一種梗住東西的難受感，我覺得被欺負，我覺得不甘心，我覺得那是他設下的陷阱，但我卻笨得跳了進去。

原來我氣的不是他類似作弊的賭局，也不是輸不起的負氣，而是氣自己怎麼這麼笨。

隔天，我明知自己不願意，但還是走到他旁邊，跟他索討東西。

「用這個跟妳換名字，其實很公平，真的。」他說。

他交給我一張摺了三摺的紙，上面寫了一些話：

我喜歡那個第六節車廂的女孩子，她總是穿著長袖外套，像是不停在發光的天使，吸引我的目光。

我原本討厭火車的緩慢，那是會讓人沉悶、無聊到睡著的。

但當我第一次見到她，我便喜歡上等車的月台。

我有時會刻意站得遠遠地偷偷看她，她常在打瞌睡，也常看著窗外發呆。

不知道她發呆時，心裡都在想著什麼？會不會是有心儀的對象了呢？

她踩壞我的眼鏡那天，都已經到了嘉義站，她還兀自沉睡，沒有醒來。

我很近很近地看著她那張美麗的臉，想叫醒她，但她美得令我又緊張又害怕，把眼鏡拿下擦汗的同時，她驚醒了過來，也撞掉了我手上的眼鏡，踩斷了左鏡腳。

我撿起壞了的眼鏡，快步離開，她卻在月台上叫住了我。

我以為她要問我，為什麼偷看她睡覺，但還好她並沒有發現，只是說要賠償。

我該怎麼告訴她，其實我好高興可以跟她說話，但我緊張得只能裝酷，並且必須快速離開以掩飾我的不安呢？

向慧雯同學，今早，就在熟悉的六號車廂，我知道了妳的名字。

這讓我午餐也吃不下，整天處在興奮狀態。
很抱歉，我用了類似作弊的方法騙得妳的名字。
現在，用這封信告訴妳我的傾慕，並且希望能得到妳的青睞。

彭冠德

連我也覺得他是作弊的。
但作得漂亮！

3

母親在一間地方小診所當醫師的助手，但她不是護士，她只負責行政方面的工作。醫師姓許，專長是內科與小兒科，從小到大，我大大小小的病都是他醫治的。許醫師的太太早逝，膝下無子。母親到他的診所工作之前，他就已經把我當做是乾女兒那般地疼愛。

我十歲那年，父親病逝，母親一肩擔起家計，到處幫傭打工。幾年後，許醫師原本的助手阿姨辭去工作，他立刻跑來請母親去接任。外婆說她看得出來，其實許醫師很喜歡母親，所以愛屋及烏，對我特別照顧。

小時候我曾經問過母親：「許醫師會變成我的新爸爸嗎？」我還記得那時的心情，又驚慌又害怕，還有一股不舒服的感覺梗在胸口。

我一點都不希望其他人當我的父親，我也不要新父親。父親永遠只有一個，不會有新舊的區別，就是只有一個，唯一的一個。

母親回答我：「除非妳父親活過來，否則我將不再嫁。」

小時候不懂愛情是什麼，所以不知道母親對父親的愛到底有多深，更不了解母親這句話有多深刻的意涵。但我卻一直記得這句話，那像是一個保證，一張蓋了印章的合約一樣，「我不會有新的父親，這是母親親口答應的。」我心裡這麼想，這麼放心著。

長大後，多次回顧母親的這句話，漸漸明白，那是難以言喻的感情。於是我開始羨慕起父母之間的感情，並期待有天能遇見這樣的男人，讓我如母親愛父親一般地愛他。

可知這有多難呢。

許醫師向母親提過親事，卻遭母親婉拒，但他並沒有因此減少對我跟母親的照顧，他向母親表示，希望能當我的乾爹，因此我沒有多一個新父親，卻多了一個乾爸爸。

其實我還有很多乾爸爸跟乾媽媽。母親說我嬰孩時期秀眉大眼、唇紅眸亮，人見人愛，鄉里鄰間親朋好友都喜歡抱著我到處去炫耀，「瞧！這是我女兒。」

我一下子多了很多爸爸媽媽，但我都不認識。

那是還沒長記性前的事，父親還在時，乾爸跟乾媽們都形容我像是顆甜膩的糖，叫久了，父親便替我起了個小名叫甜兒。

這個小名一路跟著我，直到父親過世，爲免傷心，母親才改了口叫我名字。

但甜兒兩字就這麼一直留在我腦海深處了，那像是父親的護祐，我一輩子不會忘記。一直到高中，我還偶爾會在作業簿的姓名欄後頭，用鉛筆輕輕地寫上「甜」字。

彭冠德是除了父母親之外，第三個這麼叫我的人。

我嚇了好大一跳。

我從來不曾跟任何人說過我的小名，就連跟我很親近的女同學都沒有。大家見著我，都是慧雯或是小雯地喊著，而他卻在某天從我後頭突然這麼叫我。

「你叫我什麼？」我吃驚地問。

「甜甜啊……怎麼？不好聽嗎？」他一臉疑惑。

「你爲什麼這麼叫我？」

「因爲妳長得好甜，很可愛呀！」

「只是這樣？」

「什麼只是這樣？這樣已經很了不起了！妳就像是會滴出甜汁的糖果呀。」

「你的形容聽起來很黏膩。」

「沒辦法，因爲妳就是這麼甜。」

「還是叫我名字吧，你叫我甜甜，我不習慣。」

「不，」他搖搖頭，「從今天起，我要叫妳甜甜。」

我懷疑他是不是偷偷看過我的作業簿，但可能性是微乎其微，除了在火車上見面，我們不曾私下單獨相處過，我的書包也從未離身。

「巧合吧！」我心裡這麼說。但整個人卻被一種溫暖的感覺給覆蓋了。面對他的追求，我其實沒有什麼抵抗。

或許是我並不擅長對自己說謊，他那封信確實打動了我，而我也無法否認自己早就已經注意到他。

雖然說是沒抵抗，可我也沒有接受。

我只是打定順其自然的主意，該決定在一起的時候，我不會卻步的。

我跟他的相處並沒有什麼大火花，畢竟只在火車上相遇才有說話的機會，而車廂裡不適合發生什麼火花。

不過這平淡的相處給我一種安全感，難以言喻的自然。

即便我總是在家裡吃過早餐才出門，他還是時而在列車上丟來一顆饅頭，「那是我媽做的，很香喔！」他說。可惜我是飽的，也吃不下，卻還是會在他面前撕下幾片放進嘴裡，然後微笑對他點頭，「嗯，眞的很香。」

有幾次，車子停靠在大林站時，我旁邊的位置還是空的，他會不請自來地坐下，然後拍拍我的肩膀說早安。那時我總是會故作矜持地假裝沒有看見他上車，但其實窗子的倒影早就映出他高大的身軀了。

我喜歡他坐在我旁邊時，那說話的聲音，輕輕地、軟軟地，儘管空氣流動，儘管有些車窗會被乘客打開而扇進呼呼的風聲，我還是能聽到他的聲音，他的話語，一個字一個字清清楚楚地竄進我的耳朵，大小適中的音量，只有我聽得見他說話，而我青春少女的幻想跟著發作了，那剎那間，彷彿全世界只有我聽見他說話。

他跟我聊起他的父母親，說是兩個商人世家聯姻，父親跟母親不是戀愛結婚的，是被長輩安排好的親事。在那個年代，這樣的婚姻關係時有所聞，結婚變成一件可以被操縱的事，而不是愛情的昇華。

他跟我聊起他的兄弟姊妹，有個哥哥有個姊姊有個妹妹，剛好兩男兩女，他排行老三，最大的姊姊大他五歲，已經嫁人，才念高中的他早就當了舅舅。哥哥在工廠工作，妹妹是意外出生的，本來家裡並沒有計畫再多添一個孩子，所以妹妹年紀還很小，才小學三年級。

他跟我聊起學校的趣事，說他的功課很好，但體育很差。雖然長得高，但是中看不中用，學校組了個籃球隊，把他拉了進去，一個星期都還沒過完，他就被教練自名單中剔除，「因為我老是跑不動，跳也跳不高，搶球還搶輸比我矮一個頭的隊友。」他說。

他跟我聊起未來，說他考上大學之後要拚了命地談戀愛，要認識很多女孩子，畢業之後要出國念書，再認識更多的金髮碧眼女孩，最好是可以娶一個外國人當妻子，那麼生下來的孩子一定會有很美麗的五官。

他說這些話的時候，一直在注意我的反應，但我只是聽，並沒有任何回應。他似乎很期待我因為這些話而生氣，但又無奈為何我一點表情變化也沒有。

其實我不是沒反應，我只是反應在心裡，感性那一面的我有些許的心酸。

但我的理性告訴我，我既不是他的女朋友，更不是跟他有什麼親密關係的人，他的未來沒有將我安排入內，是再正常不過的事了。

「妳不生氣嗎？」他問。

「為什麼要生氣？」

「我要去拚命談戀愛呢！」

「喔。」

「我要認識很多女孩子呀！」

「嗯。」

「我還要出國念書，認識外國人，跟外國人結婚啊！」

「好的。」

「妳應該要生氣的。」

「爲什麼我應該要生氣？」

「因爲那是妳的權利呀。」

「什麼權利？」

「女朋友的權利。」

「哎呀！彭同學，你誤會了，」我看著他的眼睛，「我不是你的女朋友。」

「妳只是『還不是』我的女朋友，我相信總有一天會是的。」

「是嗎？」

「是。」

「你的自信拿去打籃球的話，搶球一定可以搶贏矮你一個頭的隊友。」

「妳的冷酷拿去火爐烤一烤的話，一定會很快地融化，變成我的女朋友。」

「我並不冷酷。」

「有，妳有，而且妳的可愛跟妳的冷酷有很大的落差，這麼可愛的女孩子不應該這麼冷酷的。」

「好吧，那我帶點感情回應你好了。」

「妳說。」

「你剛剛說要交很多女朋友，要娶外國人，這些話即使我聽了傷心，但也莫可奈何，因爲你都已經決定了，不是嗎？」

「但那些事都已經排在妳後面了，妳沒有發現嗎？」

「嗯？」

「妳想想，『考上大學後』，我還在高中啊；『畢業後出國』，我還在高中啊；『娶外國人當妻子』，我還在高中啊。」

「所以呢？」

「所以我在高中遇見了妳，那些未來就已經不再是我的未來了。」

「……」

「我的未來，就是妳了。」他說。

我說過，他的聲音很好聽。

他說這些話的時候，我感到臉紅心跳且心動不已，表面上我故意不做反應，只是微笑，但其實心裡眞的很高興，甚至懷疑這些話是不是他早就預先打好的草稿，而他正一步一步地引我跳入這個陷阱。

又或是，他本身就是個陷阱呢？

幾個月後，斗六車站的南下月台上，一樣的第六節車廂停靠點，我在那漆著像是斗八兩字的柱子旁邊，看見他的身影。

「我的老天爺，原來從嘉義騎腳踏車到斗六這麼遠啊。」他喘吁吁地。

「你……」當時的驚嚇讓我說不出話。

「我是來陪妳一起上學的。」

「爲什麼……」

「因爲我好想念妳。」

話才說完，他一把將我擁進他寬廣的胸膛。

「當我女朋友，好嗎？」

「目前……辦不到……」

「爲什麼……」

「因爲，我已經是了……」

因為，我已經是了……

4

人生就是故事，而故事有起端便會有結局，這是必然的演進，就像一本書有起頁便有終章一般。

每翻一頁，就是故事又說了一頁，或許這一頁已然十年光陰，又或許這一頁僅代表分毫秒分的消逝。

偶爾夜深人靜時分，將這本書拿出來翻閱，去尋找哪些段落有你眞情的落款，或是哪些章節是你用傷心血淚寫下的。

因爲已經變成是可以翻閱的了，我是說那些年、那些事和那些人，所以那些頁數就有了一個很美麗的名字，叫回憶。

回憶，意思就是回到記憶裡。

而記憶是用生命寫下的，所以生命就等於是記憶了嗎？

不，這是不對的。

因爲記憶可以重來、可以存取、可以不斷地被讀取和翻閱。

但生命不能重來。

而生命中很多事，也不能重來。

就如你曾深愛一個人，而他也愛你。有人說相愛是世界上最美麗的巧合，有人愛你，而你正好也愛他，這是多麼美好的故事啊！

但當這一段故事畫下句點，戛然而止，如一幅名畫燒成灰燼，如一件藝術品碎了一地，如何將灰燼回復成畫呢？如何將藝術品重鑄成器呢？

好多事情不能重來，也不能回頭。

作家龍應台說：「象棋裡頭我覺得最『奧秘』的遊戲規則，就是『卒』。卒子一過河，就沒有回頭的路。人生中一個決定牽動另一個決定，一個偶然注定另一個偶然，因此偶然從來不是偶然，一條路勢必走向下一條路，回不了頭。我發現，人生中所有的決定，其實都是過了河的『卒』。」

跟彭冠德在一起的日子是甜蜜的。

我們的感情像是被點了火的乾稻草，一發不可收拾。

他是我人生中的一個關鍵人物，改變了我對許多事情的看法與原則，也同時操縱了我的快樂與悲傷。

這也就是我們感情天秤失衡的開始，因為他主導了一切，而我情願被他主導，如同他手上的卒子，一旦過了河，就再也無法回頭了。

我不曾見過如此特別的男孩子，即使跟他在一起了，卻好像每天都能發現他更新奇獨特的一面。

他對事情總有一套特別的見解，並且如旁觀者一般，冷靜又樂觀地分析著，即使事情發生在他身上，或是與他息息相關，他都能四兩撥千斤地面對。

「如果考不上大學，那不是因爲我考不好，也不是因爲我失常，而是我的命，本、該、如、此。

「不管是小學、初中、高中或大學，其實都不應該是通過考試才能入學的，因爲念書本來就是自願的事，不應該用成績單上的數字來評定一個人能不能念書，或是能不能進什麼學校當好學生，而是應該給他選擇要念多少書的權利。」

有一次他向我抱怨所謂的學生髮禁制度，那時的中學生必須遵守髮禁規定，男生一律平頭三分，女生一律耳下一指節。對於這樣的規定，其實我本來沒什麼感覺，因爲在我當學生之前，就已經有這樣的規定了，身邊從來沒有人反對過這件事，所以大家也就變得習慣與理所當然。

「但這只是教育失敗的政策罷了。」彭冠德說。

「怎麼說？」我對他的說法感到好奇。

「這只是爲了不讓學生在頭髮上多費心思而影響課業的一項無用的規定。」

他一說完，我便打從心裡贊同這個說法，認爲他講的眞是一語中的。

「而這無用的規定也讓我有了遺憾。」

「什麼遺憾？」

「我看不到自己女朋友長髮飄飄、輕盈亮麗的樣子。」他邊說邊撫著我的額髮。

其實我也沒見過自己長髮的樣子，更別說是他了。

小時候留過一陣子長髮，但也只到肩膀的長度。經過他這麼一說，我開始對自己長髮的樣子感到好奇。

「上了大學，我留長髮給你看，好嗎？」我說。

「太好了！」他興奮地嚷著，「最好是到肩膀下方……啊不！留到背部的一半……啊！不要！直接留到腰間好了！」

「要不要乾脆留到拖地那麼長？」我說。

「也好啊！」

「那要留多久呢？」

「不管留多久，我都要看見。」

「如果留了十年才到腰呢？」

「那我就再等十年。」

「如果再等十年只長到腿部呢？」

「那我就再等十年。」

「如果再等十年，卻再也留不長了呢？」

「那我就再等十年。」

「我們會在一起那麼久嗎？」

「我不知道，親愛的慧雯，我不知道，」他輕撫著我的臉，「如果哪天我們分手了，那不是我們不相愛，也不是我們沒緣分，而是我們的命，本、該、如、此。」

那時，我在心裡跟自己說了一句話：「或許，他就是那個我該帶回家見見母親的……我的男人了。」

畢業後，我們考上了台北的學校，他的成績一向很好，上了台大法律，我則是如願進了自己的第一志願，師大中文。

相較於斗六或嘉義那樣的小地方，台北的繁榮眞是讓我這樣的鄉巴佬大開眼界。電影不再是我們鄉間廟口搭兩支鐵架、掛塊布就上演的那個原始模樣，牛排館和西餐廳更不是簡陋的麵攤飯館可以比擬，而所謂的咖啡廳也只是聽聞不曾目睹，更不知道咖啡是什麼滋味。

第一次喝咖啡，感覺像是在喝中藥。

剛走進咖啡廳，撲鼻而來的就是一陣咖啡香，「哇！好香的味道！」我驚呼，從沒喝過咖啡的我瞬間被這樣的香氣所俘虜，開始期待咖啡的滋味。

坐在咖啡廳裡，有種置身國外的感覺。歐式的擺設與杯盤、西洋口味的點心、吧檯後方的西洋畫與玻璃製品，讓我有了自己變成洋人的錯覺。

彭冠德告訴我，可以在咖啡中加入奶精跟方糖時，我已經把咖啡喝掉一半了。我氣他為什麼不在咖啡一送來的時候就告訴我，他卻說想看看我喝純咖啡的表情。

「儘管喝了很苦的東西，露出了很苦的表情，妳還是很可愛啊！」他說。

而第一次拿刀叉吃飯的感覺很奇特，就在西門町的一間西餐廳裡面。那從未見過的擺飾與擱在桌上的燭光、唱機音響裡播放出來的鋼琴演奏曲、穿著時髦的客人和筆挺有禮的服務生、淡黃色燈泡，在在將整個餐廳襯托得更有氣氛與質感。

雕著花的白色瓷盤裡放著幾片生菜，盤中一角還有粉橙色的醬料，一個橢圓形瓷碗裡裝著濃湯，銀亮的金屬盤子盛裝著一大片牛肉，服務生隨後又送來一份黑色的醬汁……這一切看得我眼花撩亂。

我不知道該怎麼下手，更不知道到底能不能吃完。

彭冠德像是很熟悉門道的人，他教我先用小叉吃完生菜，再用湯匙喝完濃湯，接著右手拿刀左手拿叉，將叉固定牛排，然後一片一片切下沾醬。

喝完濃湯，我已經有了飽足感，他卻一直向我介紹那牛排有多鮮嫩，當我一刀切下，看見紅色血水流出，差點沒有暈倒。

「所以，這就是剛剛服務生所說的五分熟？」我肚胃難受地問著。

「是啊，牛排不要吃太熟才有甜味。」

「但是，冠德，我不敢吃……」

「妳一定得嘗試看看，慧雯，不會讓妳失望的。」他鼓勵著。

然後我相信他了。

然後我失望了，我再也不敢吃牛排。

上了大學之後，比起高中時，彭冠德變得更開朗了。

他以「衝破牢籠飛向青天的鷹」，形容自己離開家鄉來到大都市的如魚得水。他參加了許多社團，認識了許多新朋友，然後開始學吉他學看樂譜，他說有一天要學會寫歌，然後將完成的第一首曲子送給我。

我上了大學之後，似乎沒什麼改變。

除了同學與彭冠德的邀約之外，其餘的時間，我都待在宿舍不會離開。同系與他系的學長偶爾會約我一起出遊，但我通常會婉拒。他們問我是不是有男朋友，我點頭稱是。拒絕的人多了，關於我的傳聞便慢慢地傳開，某個學長喜歡開玩笑，將他的失望無奈寫成一首詩：

師大代有才女出，貌藝兼備實則無，
今得仙女臨中文，奈何名花已有主。

另一個學長更是直接在詩裡寫上我的名字：

放眼師大，女子多才，學妹慧雯，風華絕代。
其眉如月，其貌如仙，朝思暮想，一見則愛，

青羅衣衫，石榴裙襬，以信相遺，盼得青睞，
怎奈如今，別抱親愛，其情有屬，相見恨晚。

某天，同社團的一位大四學長突然將我拉到一旁，說有祕密想說，但不想被人聽見，待我跟他走到了較無人煙的樓梯口，他說話的語氣瞬間變得輕柔，他輕聲問我：「我很喜歡妳，有沒有機會讓我跟妳交往？」我笑著說對不起，我已經有男友了。

結果他竟然在社團教室的黑板上寫了「世上有什麼事比失戀更痛苦？」這句話，同社團的人都知道他喜歡我，而我除了不好意思拒絕了他之外，其實也不知道該說什麼。

隔天有人在這句話後面寫了三個字，「有，便祕」，這讓許多人都笑了。

因爲追求者衆，我多了一個外號，叫做校花。

面對追求者，我總是笑著說抱歉，因爲我心裡只有那個他。

台大與師大距離不遠，如同嘉中與嘉女十餘分鐘路程的相依相偎。

我一方面爲這樣的距離高興，因爲我一點都不喜歡相隔遙遠，如鐵一般難以抗拒的物理距離。但另一方面又爲這樣的距離傷心，因爲距離已經這麼近了，我卻愈來愈少見到他。

升上大二之後，我們見面的次數明顯地更少了。他常跟我說時間太少而事情太多，社團忙、樂團要練歌、法律系的課業繁重，一天二十四小時不夠用，他早已捉襟見肘。

我理解，我體諒，我確實去了解過法律系的功課，我知道那不是一個很輕鬆就能畢業的系別，而我見到他的時候，他總是疲憊不堪。

「兩情若是長久時，又豈在朝朝暮暮。」我用秦觀的〈鵲橋仙〉末兩句來說服安慰自己。

直到有一天中午，我陪同學去西門町逛街，在彭冠德帶我去過的那間咖啡廳裡，看見他跟另一個女孩子面對面地坐著對望，他的手正牽著她的手，有說有笑的，看起來好幸福好自然，我才眞的知道心碎到底是什麼樣的聲音。

我並沒有立刻就走進咖啡廳質問他，我只是跟同學說我想先走，然後自己回到咖啡廳對面的騎樓下站著，靜靜地等待事情的變化，並且在心裡替他找了幾千幾百個理由，「那只是他的普通朋友」、「那只是他的學妹或交情不錯的同學」……

大約等了一小時又一刻，他與那個女孩相擁著走出咖啡廳，像是擁著我那樣自然。

我的世界開始崩壞。

一夜難以成眠，他宿舍裡的電話一夜佔線。

隔天一早，我到他的宿舍門口等他，我知道他第一節要上課，他一定得早起。

見到我的那一剎那，他看來並沒有任何異狀，很自然地問我：「妳怎麼來了？」

「我想念你。」我說。

「妳患了想念症候群嗎？才幾天不見而已。」

「你還喜歡我嗎？」

「這是什麼問題？我當然喜歡妳。」他笑了。

「那麼，我問你問題，請你不要騙我，好嗎？」

他收起了笑容，「怎麼了嗎？」

我在他的眼裡看見了害怕，儘管他已經盡力在掩飾了。

「你先答應我，你絕對不會騙我。」

「幹嘛這麼嚴肅？妳到底怎麼了？」

「你先回答我，答不答應？」

「好，我答應。」

「好，我想問你，你昨天下午在哪裡？」

「我？」他的眼神閃爍，「昨天下午……啊……這……」他假裝思考，「我想一下……」他把視線別往他處，「啊，我想起來了！」他終於看著我了，「我跟團員在社辦練團呢。」

話才說完，我滾燙的眼淚立刻奪眶而出。

「昨天下午，你在帶我去過的西門町的咖啡廳裡，跟一個女孩牽著手對望……」

「我……」

我立刻打斷他的話，「如果你繼續說沒有，就是欺騙我第二次。你跟她離開咖啡廳時的那個擁抱，我不會忘記的。」

他試著解釋：「那只是一個他系的同學……」

「你跟所有同學都能如此擁抱？」

「我跟她沒有什麼……」

「對不起，我沒辦法相信這句話。」

「那妳要我怎麼樣？」

「承認。」

「承認什麼？我已經說明過了，我跟她之間沒什麼。」他有些激動生氣。

我拭去眼淚，靜靜地看著眼前這個男人。

我不禁在想，這眞是我那麼用心喜歡的人嗎？

「其實你不承認也沒關係，我也不需要你的承認。」

「那妳需要什麼？」

「我需要的，再也與你無關了。」語畢，我轉身離開。

「妳別這麼說！」他攔住我，「對不起……」

接著他拉住我的手，想擁抱我。但我搖頭，退開了一步。

「……能原諒我嗎？」

「……目前，辦不到……」

「那……明天呢？」

「就算是下輩子，也辦不到。」我說。

卒子，一旦過了河，就再也無法回頭了。

愛情，也是。

5

結婚那年，我已經三十六歲了。

我先生串通了全校所有的教職員，上到主任和校長，下到兩位既勤奮又準時的校工伯伯，在他求婚當天一早，我剛踏進學校大門開始，每一個遇到我的人都對我說「恭喜」。

我一頭霧水，偏偏沒有人願意告訴我，他們到底在恭喜我什麼。

直到校長請我進校長室，將我領到能看見學校操場的窗戶旁邊，我才看見他請我的級任班級學生，用人形排出了「Marry me」的字樣。

而他自己則是站在字的下方，拿著一大束花和一個小盒子，用力地大喊著：「嫁給我！」

「妳班上的學生跟他，昨天放學後留下來排了三個小時，今天一早六點，他們就全部到校了，只等妳出現啊，向老師。」校長說。

我笑著哭了，眼淚一直掉，連點頭都忘了。

事後我找他算帳，問他爲什麼要如此大費周章地求婚，讓我很不好意思。

他說：「妳一直遠在天邊，我只好用遠在天邊的方式來求婚。」

「遠在天邊是什麼意思？」

「我追妳追了好多年，像是從地球跑到天邊去了，這不是遠在天邊是什麼？」

「你是在說我不好追吧？」

「妳不是不好追，是根本追不到，只有神才有辦法。」

「你的意思是，你是神？」

「以我愛妳的程度，應該已經接近神的境界了。」他說。

這話聽來雖然溫暖，但頗有自吹自擂之嫌。

不過他話裡的「遠在天邊」四個字，讓我想起大學時，某個學長也曾經說過類似的話。他是少數讓我比較沒有壓力的聊天對象，因爲他已經有了女朋友，對我一點意思也沒有，我不需要擔心再一次看見別人被我拒絕時的失望表情。

一次跟著系學會一起出遊露營的機會，我與這位學長聊了許久。那晚月明星稀，營火即將燃盡，營地外透著幾盞略爲昏沉的白色燈光，那是路燈的顏色，在夜裡顯得蕭索。

他說我是極有親切感的女孩子，長得又漂亮，所以會讓許多男孩子不小心就喜歡上我。但接近之後會發現，其實我是有距離感的，「妳的親切只是禮貌的表現，事實上，妳的感情藏得很深，可能需要有把鑰匙打開妳的心，又或者說妳把感情藏得很遠，像放在地球的頂端一樣，可能要會飛才能看得見。」他說。

我點點頭，稱讚他的觀察入微，說得十分準確。

以現在的名詞，簡而化之地說，我就是那種「難搞的女人」。

在高中任教時，有個學生叫葉孟允，他曾經問我：「老師，妳眞的沒交過男朋友嗎？」我對他印象特別深刻，是因爲我派他參加歌唱比賽，但他卻跟一個女孩棄賽蹺課。

面對他的問題，我本想點頭，但我突然想起學長說的，「要有把鑰匙才能打開我的心」，於是我便搖頭給了「從沒有過」的答案。

因爲彭冠德只不過是個擁有一把萬能鑰匙的人，而我的心只上了一道鎖，於是被他輕易地打開。我不承認他是我唯一有過的男朋友，因爲他手上的鑰匙並不是專屬於我的心鎖。

分手後，彭冠德變得殷勤許多，他時常來找我，說要陪我吃飯陪我散步，再不然說幾句話也好，而且我再也不曾從他臉上看見疲憊的模樣。

他所有的舉動，都表現著兩個字：「挽回」。

他說他仔細地思考與反省過，他跟那個女孩子只是一時情迷意亂，而且是女方主動邀約，他不好意思拒絕才會赴約，他眞正喜歡的人還是我，希望我不要狠心離開他，對於他對我造成的傷害，他非常抱歉，他希望能用下半輩子來彌補，「我永遠都不會再背叛妳了！」他說。

「我知道我錯在哪裡，給我機會，讓我改過。

「我沒有什麼權利再要求妳相信我，但我會做給妳看。

「那只是一時間沖昏了頭，我跟那個女孩沒什麼的。

「人難免會有犯錯的時候，不是嗎？」

他試圖用眼神博取我的認同，他的姿態猶如一個需要憐憫的人，祈求得到我的寬恕。

我於是感到悲哀，在聽完他的話之後。

但我是替自己當時的盲目感到悲哀，對於他，我已經死心。

那個我曾經好欣賞好喜歡的彭冠德到底去哪兒了？爲什麼眼前這個人長得跟他一模一樣，卻讓我感覺到陌生、完全不認識呢？

「再給我一次機會，慧雯，我求求妳。」他表情痛苦地哀求著。

「你忘了你說過的嗎？你的命，本、該、如、此。」我說。

那是我最後一次見到他。

我還記得那天大雨滂沱，在文學院中廊外，他刻意站在雨中，不讓我撐傘替他遮雨，也不聽我勸，進到廊內說話。他說那是他對自己的懲罰，他沒有資格讓我替他撐傘，他想等我答應了之後再進到廊內說話。但其實我知道那是他裝可憐的計謀，他手上的那把萬能鑰匙又在試圖解開我心裡的鎖了，只是很抱歉，我已經換了鎖，而且可能再也沒有人能夠打開了。

當我轉身離開，發現心中只剩下對他的憐憫，而沒有任何其他的感覺時，我就知道自己已經想透了。至少我將不會再為他哭泣，在經歷分手初期的那些夜裡。

大二到研究所畢業這幾年時間裡，身邊的追求者明顯地少了許多。或許是我再也不表現出禮貌的親切感了，所以我又多了一個「冰山美人」的封號。

剛被派任到高雄的學校服務時，我從母親口中得知，彭冠德曾經到家裡找我，還留下了一副眼鏡，他並沒有跟母親說明什麼，只說當我看見那副眼鏡就會知道了。

「那是妳大學時的男朋友嗎？」母親問。

「不，不是的，媽媽。」我回答，「那並不是男朋友，只是一個錯誤。」

母親向來懂我，她也沒再多問什麼。只是要我如果交了男朋友，就帶回家讓她看看，她想知道自己女兒的眼光是否有乃母之風。

電話兩端，我們都笑了。

在笑聲中，我也明白，許多事情都過去了，既然無法重來，也不願再想起，那就試著交給時間去遺忘吧。

畢竟，什麼事都會過去的，遺忘也是。

當青春年華已然老去，我不再是當年遇見彭冠德時，那個正值二八年華的綺麗佳人，再也沒有人跟他一樣說我可愛了，再也沒有追求者說我可愛了。

曾聽人說過，每個女人心裡都住著一個小女孩，原本對這句話並沒有太多感覺，卻在年紀愈來愈大之後發現，我心裡好像也有個小女孩，而她好像真的長不大。

「可愛的是她，渴愛的是我。」有一天，我自言自語著。

「學姊，妳在說什麼啊？」

說話的是我同事，也是跟我一樣，自師大畢業的學妹，姓江，單名一個芸字，不過年紀小了我將近二十歲，本來在台北的學校服務，今年剛轉到高雄來。

這時我回過神，發現自己身在學校的辦公室裡。

「喔，沒什麼，發呆而已。」我說。

「我聽到妳在說可愛的，什麼可愛的？」

「呵呵，」我笑了出來，「我說妳很可愛啊。」

「學姊，我都快二十八歲了，一點都不可愛。不過我倒覺得妳很可愛。」她說。

「妳就別再用可愛兩個字來挖苦我這個快五十歲的老女人了。」

「拜託，學姊，我跟妳說老實的，我一點都看不出來妳已經快五十歲了，當我看見妳兒子蹦啊跳啊地跑來找妳撒嬌時，我以爲妳才三十幾歲呢。」

才三十幾歲，這眞是個好棒的稱讚。將近年過半百的女人被人這麼讚美，心裡確實會有那麼點虛榮感浮現。

或許是母親擔心我後半輩子無人照顧吧，也或許是我眞的寂寞太久了。

當我先生跟我說，「如果要我選擇，在我六、七十歲時，陪在身邊囉嗦的人，我會選擇妳」時，我的心被深深地打動。

而他刻意安排的求婚，更是讓我淚灑校長室。

他或許沒有打開我上鎖好多年的心房，但我相信他是能跟我相伴一輩子的人。

從我剛到這所學校服務的第二年遇見他，他對我的關懷便不曾少過。

即便我幾乎沒有給他任何機會與空隙，他依然靜靜地像顆衛星一樣，在我身邊環繞。

記得他第一次向我表白，他語拙地說：「難得我愛一個人愛了這麼多年，妳不願意跟我吃西餐，也至少給我一個一起吃麥當勞的機會吧！」

於是麥當勞變成我們時常約會的地方。

我在他身上看見可愛的樣子，也重新認識那個住在我心裡的小女孩渴愛的樣子。

是啊。

她是可愛的，也是渴愛的。

而我是可愛的，更是渴愛的。

可愛與渴愛，唸起來是一樣的。

但誰知道，我對愛如此地渴望呢？

而又有誰知道，其實每個人都是渴愛的呢？

我兒子就要滿十歲了，那年頂著已經是高齡產婦的三十八歲年紀，被推進產房的那一刻，我心裡想的只是希望孩子平安，我無所謂。

但是他說，「如果妳跟孩子有任何一丁點意外，我就回以前的老部隊，找弟兄們來把醫院給炸了。」

爲了不讓醫院裡的其他人受害，我想孩子和我都必須活著出來。

我平安地把他生下來了，一個重量三千多克的我的戀人。

他姓蔡，他爸爸給他起了個小名叫小蔡兵。

可能是軍人當久了，教官也當久了，連給自己的孩子起小名，取的都是這麼有軍人味道的。

我兒子問過我一句童言童語，「媽媽，學校裡老師比較大，還是教官比較大？」我都還沒回答，我先生便搶著說：「學校裡沒有誰比較大，但在家裡媽媽最大，要聽媽媽的話，知道嗎？」

我想我沒有嫁錯人。

他是可愛的，也是渴愛的。

每個人都是渴愛的。

註：二八年華不是二十八歲，是兩個八歲，也就是十六歲。別再誤會這個美麗的成語了。

情籤

藍天躲在灰灰厚厚的雲後面。

雲裡終於還是下起了雨，落在地面。

就像回憶躲在我單薄脆弱的身體裡。

而我終於還是徹底崩潰。

奪眶而出的，是我對你的思念。

1

落葉江畔微芸起

那些多雨的日子 2010/3/12

親愛的N，倒數計時已經開始了。

今天，藍天躲在灰灰厚厚的雲後面，像是回憶躲在我單薄脆弱的身體裡面。

三月了，春天好像還不想醒來，冬天似乎還依戀著台北不想離開，幾乎每個星期都有冷氣團攻擊著怕冷的台灣人，多雨的城市讓我晾曬的衣服總是很難乾。

還記得我跟你說過，想去買一台烘衣機嗎？我實在是受不了同一套衣服要晾好幾天才能乾的狀況了。

「烘衣機好像很貴。」你說，所以我說買個二手貨就好，網拍上面找也可以，抑或是趁哪一家量販店在大出清，或是週年慶的時候去撿便宜，你說可以找個時間陪我去，我高興地點頭，然後，我們好像就忘了這件事了。

又或者應該說，我記得這件事，而你忘了。

然後我就要自己不要再想起這件事，免得你自責地說：「哎呀，對不起呀江芸，我總是忘了自己答應過妳什麼。」

那是多久前的事了呢？

其實我也忘了，所以烘衣機一直都還在店裡，我依然不知道烘衣機到底要多少錢，同一套衣服晾好幾天才能乾的狀況依然持續著。

好像很多事情都是這樣的。

說要去做，然後忘了。某天想起來了，再一次答應自己一定要找時間處理，然後又忘了。又某一天再次想起，又再一次告訴自己，不管多忙，一定要先把這件事解決掉，然後又忘了。接著又某一天三度想起，三度告訴自己決定肯定一定不能再忘記，然後……

又忘了。

就像我跟自己說，要找個好時間，告訴你我很喜歡你，但我只顧著喜歡你，卻忘了要告訴你。過了許久才想起應該要把這件事情處理掉，那就找個時間跟你說吧！然後我又忘了。

我忘了幾次了？我已經忘了自己到底忘了幾次了。

但我卻一直記得自己喜歡你。

是好喜歡的那種喜歡喔，你知道嗎？

對不起，你不知道。因爲我沒說過，隻字未提。

而我也從沒表現出來過，我藏匿情感的天分與生俱來，功力天下無敵。甚至我還把你往外推，告訴對你有興趣的女孩，說：「N很不錯喔，應該是適合妳的對象。」

N啊！你眞的很不錯，我相信自己的眼光。

但是我卻沒有勇氣告訴你：「我更適合你。」

我們一起在台北念書的日子，是一段美麗的時光。

十八歲前的青春剛過，一群人因爲緣分而聚在同一所學校、同一棟校舍、同一個社團，最後還住在同一棟公寓裡，我們都忘了當初是怎麼認識相遇的了，卻自然而然地以爲，本來這些人就該出現在生命裡啊。

「念了大學，就是變成熟的開始，青春小鳥一去不回來。」你說。

高中畢業後先去服兵役，退伍後補習一年，然後才考上大學的你比我們長了三歲，不過自你鏡框底下的雙眼透出的稚氣，卻讓人難以猜到你的年紀。有一次跟你一起搭公車，你讓位給一個婆婆，她誇你是個好孩子，「還在念高中吧？」婆婆這麼問你，你竟然點頭回答：「是啊，婆婆，我快畢業了。」然後一臉驕傲地看著我，笑著。

好吧，我承認。

你有一張娃娃臉，還有很溫暖的笑容。若是在心情欠佳的時候想起你，就會覺得事情似乎沒那麼糟糕，世界也跟著寬闊起來。

我好懷念一起住的那些年啊。

雖然我從沒想過跟男生住在一起，雖然在刻板的印象裡，男生的宿舍總是髒亂又有一股霉味瀰漫，但當我跟曼曼第一次去到你們的宿舍，才知道原來還是有愛乾淨的男生的。

「如果妳們沒抽到學校宿舍，就搬來跟我們一起住吧，反正還有房間，而且還能一起分擔房租，這樣就更便宜了，這裡離學校才五分鐘路程，生活機能又好，只要妳們不介意跟男生一起分租，我們很歡迎妳們搬來。」你說。

然後，我們就真的沒抽到宿舍。五個人當中，只有一個人抽不到，偏偏我跟曼曼就是那五分之一。

「好吧，託你那張大嘴巴的福，我們要去投靠你了。」在電話裡，我這麼跟你說。

四個房間的公寓住了五個人，阿健、坤民、你、我，還有曼曼，像是一家人一樣。

我跟曼曼住在附有衛浴、面積最大的主臥室，而你們三個男生一人一間房，住在我們的對面與隔壁。

坤民是我們的萬能好幫手，電腦、摩托車、冷氣或是洗衣機都會修，他同時還是我們家的大廚，一般家常菜都難不倒他，偶爾還會弄個很高級的東坡肉。

有一次我的摩托車發不動，坤民走過來，只是隨意瞧一瞧，「大概是火星塞壞了吧。」他說。

然後他替我把車推到附近的機車行，老闆看了一下，拔出火星塞，拿到我眼前，「小姐妳看，燒掉囉，換一顆就好了！」

那當下我真的很佩服坤民，好多事都難不倒他。

曼曼是我同班同學，也是我的好姊妹。

她是個心思細膩的女孩子，也是我許多心事的傾訴者，面對我感到棘手困擾的問題，她不一定會給我什麼意見，但她總會安靜地傾聽，然後像個親人一樣，抱著我說：「親愛的江芸啊，我或許不能替妳分擔什麼，但我會一直陪妳。」

而阿健是個運動高手，跑步的健將，身高不到一七〇，但速度卻很快，我們封他為家裡的保全人員，負責保護我們的居家安全。

而他還眞不辜負這個名號。

有一次，樓下的阿姨家遭了小偷，他一聽見尖叫聲，一把抄起你們打棒球用的鋁棒就衝了出去，你跟坤民跟在後面，沒多久之後，你們回來了，卻沒看到阿健。

「阿健把小偷的頭打破了，現在在派出所做筆錄。」你說。

那天晚上，我們買了一大堆滷味跟鹽酥雞，還有一箱啤酒，坤民還跑到全聯福利中心買了一隻雞回來燉湯，為阿健開了一個慶功宴，慶祝他為民除害為鄰里捉賊，不過阿健中看不中用，酒力極差，只是個會嗆聲的酒咖，才喝了一瓶啤酒，他就醉得搖搖晃晃，還唱起歌來。

「阿里山的姑娘美如水啊！阿里山的少年壯如山！啊啊啊啊啊啊啊——」

那殺豬一般的歌聲，我想我這輩子都不會忘記。

你和坤民把他扛回房間時，已經東倒西歪的他嘴巴還是沒停過，一直嚷著「還要喝，還能喝，我沒有醉」，但一躺到床上，整個人就像是被按掉的鬧鐘一樣，安靜了。

而你和坤民倒是有不錯的酒量，一箱啤酒，你們兩人就喝掉三分之二。

坤民有二分之一的原住民血統，所以他會喝酒一點也不意外，他說小時候，每逢寒暑假，都會跟媽媽回台東的部落，天天拿小米酒當飲料喝，紹興高粱也沒在怕。

倒是你，看不出來你的酒量竟然也不差。

斯文安靜的外表下藏了一個大酒囊，看你一瓶一瓶啤酒往肚子裡灌，我都快替你醉了，你竟然還跟坤民說：「喝不夠的話，等等再去買一箱吧。」

慶功宴的主角已經醉倒，你們兩個卻喝得很痛快。

親愛的N，那些年，我們喝了多少箱啤酒呢？

又在喝完啤酒之後，說了多少心裡話呢？

聽人家說，酒後眞言才是眞言，而我期待在酒後聽見你所說的眞心話，卻從來沒有如願。你好幾次在喝過酒之後，看著我說：「江芸，我眞的非常好奇，妳會喜歡什麼樣的男孩子。」

然後坤民跟著附和，而阿健總是半醉半醒地，完全不在狀況裡。

我不知道該怎麼回答的時候，曼曼總會跳出來說：「她喜歡的男生啊，就是那種氣質美型男，簡單地說，就是會打扮的書呆子啦。」

其實我也不知道什麼是會打扮的書呆子，這聽起來有嚴重的矛盾感。

既然是書呆子了，怎麼會打扮呢？又既然已經是會打扮的男生，就不太可能是個書呆子呀。

「如果哪天妳有喜歡的人了，一定要告訴我喔！我想看看那到底是什麼樣的人。」你說。

而坤民又附和了一次。

親愛的N啊，其實你每天都能看得見那個我喜歡的人呀。只要你照鏡子，或是仔細地、深深地看著我的眼睛，你就會發現，我的眼裡都是你。

台北又下雨了，N。今天氣溫才十二度。

這一整個星期，我好像都還沒看過太陽，而上個星期，太陽也只出現半天。

那些年，台北總是多雨的。

其實我並不討厭下雨天，畢竟在雨中，我們有過許多故事。

我永遠記得自己一個人到西門町挑選大家要交換的耶誕禮物那天，雨滂沱地下著，我一個不小心踩進水窪裡，弄濕了鞋子不說，腳踝也扭到了。禮物還沒買到，我的腳就痛得沒辦法走路。

我撥了電話給曼曼，她可能正在騎車，沒接手機。我想再撥電話給阿健跟坤民，但我承認，當我在手機上找到他們的名字跟號碼，我很快地就忽略過去。

因爲我眞正想撥的電話，是你的。

你很快就趕到我面前，手上拿了兩把傘跟一件雨衣。「江芸，妳要打傘還是穿雨衣呢？我不知道妳的腳扭得多嚴重，所以我把兩種都帶來了，來，妳自己選。」

你眞是個笨蛋、傻瓜、大蠢豬。

你難道不知道，我只想跟你共撐一把傘，並且靠著你的肩一起走嗎？就算是一跛一跛地也好，至少我跟你在雨中漫步過。

但我還是選了雨衣，我承認我是膽小懦弱的。

我說過，藏匿情感是我與生俱來的天分，我不會讓你察覺絲毫破綻的。

又有一次，我們正在學校上課，突然傳來一聲轟隆的爆炸聲，接著就停電了，驚呼聲此起彼落地迴盪在校園裡。後來傳來的消息是，東側的大變電箱被雷擊中，暫時無法恢復，當天只能提早下課。

我們在校門口相遇，你說你好感謝那一道雷，我問爲什麼，你說下一節課，老師本來想考試，而那門課完全是你的弱點，這道雷剛好救了你，「不然我應該又要考個三十幾分了……」你說。

這天，你說要慶祝雷公救了你，所以請我喝咖啡。

那是我們第一次單獨「約會」，爲時只有二十分鐘，因爲到了咖啡館之後，你就打了電話，叫曼曼跟阿健坤民一起來。

但是二十分鐘已經足夠了，因爲那二十分鐘裡，全世界只剩下我們兩個。

我喜歡看你把奶精倒入咖啡時的表情，你說那是一幅美麗的圖案，奶精與咖啡混合的那一刹那，像是毀滅與重生同時在進行。

「咖啡被毀滅了，奶精也被毀滅了，但另一種味道的咖啡卻因此重生了。

「而且，每一次毀滅的樣子都不一樣，絕對不可能一樣。」

你說得很入神，像是在介紹一部好看的電影。

那眉飛色舞的樣子，像個急著把好玩的玩具介紹給朋友的孩子。

N啊，親愛的你啊。

遇見你的那一刻，我的毀滅與重生也同時在進行著。

毀滅的是原本我所擁有的那個完全的自己，重生的是我渴望與你相戀的那個自己。

只可惜重生的那個自己沒有足夠的勇氣。請原諒我害怕被自己的重生給毀滅。

今天中午吃完午飯之後，我走過教務處前的走廊，偶然地看見灰濃雲層中破了個洞，露出躲在雲層後頭的藍色天空。

但陽光依舊沒有露臉，那個破洞很快地又被其他的雲給補了起來。

下個學年度，我決定要調到高雄去了。

你問過我，在台北教得好好的，爲什麼要去高雄呢？

「因爲台北太容易下雨了，我討厭壞天氣。我常在上課時偷偷注意窗外的樹木，如果雨開始淅哩嘩啦地打在樹葉上，我的心裡就會哭泣，因爲那些曬在陽台上的衣服又乾不了了。所以，最好的方法就是搬到一個不常下雨、氣候宜人的城市，雖然高雄很熱，但那是一種美好的熱，那表示熱情的人都住在那裡，那表示我不需要把衣服繼續晾在陽台上……」

理由，理由，都是理由。

我說了很多所謂的理由。

N，這些理由不是用來說服你的，而是用來說服我自己的。

我離開台北，對我們兩個都好。

這是我自私的想法，自以爲的聰明，請原諒我沒辦法找你商量。

我說過，藏匿情感是我與生俱來的天分，我不會讓你察覺絲毫破綻的。

藍天躲在灰灰厚厚的雲後面。
雲裡終於還是下起了雨，落在地面。
就像回憶躲在我單薄脆弱的身體裡。
而我終於還是徹底崩潰。
奪眶而出的，是我對你的思念。

我的毀滅與重生也同時在進行著。

2

落葉江畔微芸起
那些很線上遊戲的日子 2010/3/20

倒數計時持續著。

親愛的N，這些年來，我早已經習慣在自己的部落格寫下許多事情。我的家人、我的朋友、我的學生、我的同學，還有伴我走過大學和研究所的你們。我寫了好多他們、他們、他們、他們、他們，還有你們。

卻不曾寫過屬於我們的我們。

因爲，我們不曾有過，我們。

人啊，好喜歡對事情下定論。用類似格言或經典名句的文法，對自己或是根本與自己無關的事情做一個人生的造句。

「愛與被愛，一樣無奈。」

「錯的時間，對的人」，或是「對的時間，錯的人」，又或是「時間與人都錯了」。

「婚姻是愛情的墳墓。」

「愛是深深的喜歡。」

等等等等……的。

如堅不可破、無法撼動的眞理，在人與人之間不停被傳誦，在說者堅定的眼神與聽者點頭如搗蒜的表情中得到認同。

然後在下一次相愛的時候重蹈覆轍。

然後再一次心碎的時候想起這些已經老調重彈的定論。

然後重蹈覆轍，然後心碎。

然後無限迴圈，直到生命中止，或是如禪佛一般地看淡人間。

人都不是那麼聰明的，對吧，N。

如同你跟我說過的，人都自以爲聰明，卻不停地在犯錯。就像歐洲哲學家說的：

「人一開始思考，上帝就發笑了。」

那麼，上帝在笑什麼呢？

我想是在笑我們只會不停思考，卻也不停犯錯吧。就像你說的。

其實這也是你對事情的定論呢，你發現了嗎，N？

「人都自以爲聰明，卻不停地犯錯。」好棒的一句話呢！猶記得第一次聽你說這句話時，我的眼睛爲之一亮，「哎呀！好有哲理的話。」我說。

接著你抬起了下巴，很驕傲地笑了起來，「所以，人應該不要再覺得自己聰明，也不要再覺得自己不會犯錯，有想法，做就對了。」你說。

那時，月明星稀，難得寒冷的台北冬夜，天上卻掛著明月。

我在想，你說得對，所以我是不是該向你坦承對你的感情，既然有想法，做就對了，是嗎？是吧？

還是，你可能正在暗示我，喜歡你要快點說，不然就沒機會了呢？

當時我心情很亂，但我的表情泰然。

我一直都是這樣的，在別人面前，輕描淡寫自己的情緒，然後在一個人的夜裡，反覆愁緒。

有句話是這麼說的：「人一生總會遇上一個最愛自己的人，他叫做甲，還會遇見另一個自己最愛的人，他叫做乙。可惜的是，甲跟乙，很少會是同一個人。」

我不知道這是誰下的定論，但平凡如我，仍在聽過之後點頭如搗蒜地認同著，是很認同的那種認同喔！

然後呢？

然後？不會有什麼然後的，因爲每一個人都一樣呀，我們都只能等待甲跟乙的出現，同時祈禱他們會是同一個人呀。

N，沒有人會知道自己能活多久，包括你我在內。

所以我不知道這輩子我最愛的人會是誰，最愛我的人又會是誰。

但如果明天就是我的死期，那麼我就可以確定了。

我最愛的人是你，最愛你的人是我。

但最愛我的人卻不是你。

還記得某一年，我們五個人通通都迷上了線上遊戲嗎？

如果我這老太婆般的記性沒記錯的話，是坤民開始先沉迷的。

他本來就是個電腦癡電腦狂，對許多3C的新產品都很感興趣。一直以來，都是他在解決我們的電腦問題，還會介紹該買什麼樣的數位相機、什麼樣的手機，同時他也是你跟阿健的A片供應商，我跟曼曼已經不只一次在家裡看見你們一起盯著同一個螢幕，一邊發出淫穢的笑聲，一邊對畫面裡的AV女優品頭論足。

首先跟著坤民一起瘋線上遊戲的人是阿健，接著是你。

沒多久之後，我找曼曼去逛街，她開始拒絕，因爲她也淪陷了。

當我總是一個人在客廳看電視，而你們在房間裡玩得不亦樂乎，甚至還大笑大叫的時候，我再也受不了了。

「我就不信線上遊戲有多好玩，竟然會讓人沉迷上癮！」我說。

「妳試試就知道了，江芸。」你們異口同聲地告訴我，然後替我弄了一個遊戲帳號，阿健還幫我儲値，就是爲了證明我也會沉迷上癮。

我應該早點認清你們都不是什麼好朋友的，線上遊戲就像毒品，而你們卻還鼓勵我嘗試。

好吧，你們說得對，那確實是會沉迷上癮的。坤民說，他從小玩遊戲玩到大，從來沒有一款遊戲這麼優秀。

我還記得阿健的職業是每次都要擋在怪物面前當肉盾的戰士，而坤民是會變身成熊和豹的德魯伊，你是會隱身從敵人背後偷襲的盜賊，曼曼是替我們補血的牧師，而我聽從你的建議，選擇了比較容易上手的法師。

「法師很好玩，很有趣，被打的時候，還可以把敵人變成羊喔！」你說。

「變羊要幹嘛？」

「變羊他就不會打妳了。」

「那我也不要打他了。」

「爲什麼不要打他？」

「羊很可愛啊，爲什麼要打他？」

還記得當時這段對話，笑倒了坤民跟阿健，同時也證明了，我眞的不是打遊戲的一塊料。

因爲天生資質駑鈍，再加上比你們還晚接觸這個遊戲，所以當你們都已經玩到最高等級的時候，我還差你們好遠好遠。

有時候，深夜裡，曼曼已經在我身旁的下舖睡得很熟了，你們也都開始打呼，我在陌生的遊戲地圖裡慢跑著，聽著有些淒涼又有些恐怖的背景音樂，一個人慢慢地解著遊戲中NPC交代要完成的任務。

因爲我跟曼曼住同一間房，所以我不敢太大聲，深怕吵醒她。但是有時候又很害怕畫面中沒注意到的怪物突然攻擊我，所以我總會希望有個人能在一旁陪著我，至少我會比較心安。

那個有時陪我到很晚的人，通常是坤民。

他對遊戲最熟，也最能快速地幫我解決我不了解的問題，甚至他對裡面的任務還能倒背如流，所以由他來陪我，會是最恰當的。

「江芸，教妳一個功能，妳可以在我的人物上按下滑鼠的右鍵，然後選定跟隨，妳的人物就會一直跟著我囉。」帶我解任務時，坤民教會我這個密技。

但是，我心裡希望能跟隨的人，其實是你。

玩了將近一年，隨著遊戲的改版，隨著我日益無法忍受自己玩遊戲的癡呆程度，以及跟不上你們腳步的窘境，我漸漸地離開那個框起來的世界。曼曼是個好姊妹，她看我離開遊戲，沒多久後，她也不玩了。

那個世界只剩下你們三個男生繼續拚鬥，我再也不會擔心深夜裡把曼曼吵醒了。

後來，當我們回憶起那段時光，你就會說：「江芸玩的法師一點都不像法師，比較像是殭屍，好遲鈍啊！」然後引來大家一陣嘻笑。

可能你們都沒有注意到吧，也可能是我想太多了。

我發現我們在遊戲裡的角色，同時也是我們現實中的角色。
阿健是我們家的保全，他最強壯，也最勇敢，所以他是抵擋怪物的戰士。
坤民是我們家的萬能好幫手，當他在廚房裡，就是好廚師，當他在修東西時，就是個好工程師，所以他是能變來變去的德魯伊。
曼曼是個心地善良的好女孩，當我們有人心情低落，她總會靜靜地陪伴，靜靜地傾聽，所以她是替我們補血的牧師。
你偷偷地偷了我的心，所以你是個盜賊。
而我是拿你這個盜賊一點辦法也沒有的法師，我能將敵人變成羊，卻無法將你變成我的。
N啊，對我來說，你就如天邊彩霞，閃亮耀眼，能時常看見，卻距離遙遠。
雖然我在你面前的存在並不卑微，但比起照亮我的你，我的光芒就像星光一樣微弱，引不起你的輕輕一瞥。
如果我們都不是眞實的，而是活在遊戲裡的那些人物，那該有多好。
我們死了可以復活，可以永遠活在那個小框框裡，我永遠也不會失去你，我可以在你的身上按下右鍵，選定「跟隨」。

然後，我就再也不想離開了。

只可惜呀，我們都眞實地存在，而遊戲永遠都只是遊戲。

我不會把敵人變成羊，雖然你眞的偷了我的心。

按下右鍵，選定「跟隨」。

3

落葉江畔微芸起

那些很勇敢的日子 2010/4/3

倒數計時持續著。

我們不是永遠都那麼勇敢的。

二月情人節的前幾天，我正在家裡一邊訂正學生的作業，一邊看著蔡康永跟小S用犀利的問答蹂躪來賓，這時電腦傳來收到MSN訊息的清脆響聲。

「訂位完全訂不到，全台灣的餐廳都爆炸了！」你在MSN上這麼跟我說。

我在房裡笑得好大聲，弟弟經過我房門時，一臉嫌惡地看著我說：「妳是花枝嗎？」我還笨得問他爲什麼要說我是花枝。他說：「因爲妳剛剛笑得花枝亂顫啊。」

我氣得對他比了個中指，因爲淑女是不能罵髒話的。

不過後來我想了一想，其實我應該跟我弟說聲謝謝，因為花枝亂顫是形容美女大笑的樣子，就如花枝招展是形容美女打扮得很豔麗，所以他其實是在稱讚我是美女，只是不好意思直說，於是用花枝代替。

你實在很笨啊，N。

情人節的前幾天才在訂餐廳，當然會撲空。不過，我想，逛逛夜市吃吃小吃其實也不錯，不一定非要到高級餐廳吃飯才叫做過情人節，你說是嗎？

回想起還在大學那幾年，我們學校的傳統「西瓜節」，在夏天剛到來的時刻，為多少人傳遞了深藏在心裡，久久無法開口的情意呢？

六月五日是我們學校的校慶，每年的這一天，同時也是我們的西瓜節，也不記得是什麼時候開始了這項傳統，只知道流傳已久，而且已經演化了許多。

好久以前，情侶之間多半是送花表情意，我們則是送瓜表情意。我覺得，送西瓜有意義多了，花又不能吃，西瓜至少能夠在炎炎夏日解渴消暑。

還是大學新鮮人時，因為不了解這項傳統，所以當我看見學長們拿著西瓜在學校裡面亂跑時，我心中只有一個疑問：「因為西瓜便宜，所以大家都要買嗎？」

後來才知道，原來西瓜是別有含意的水果，代表「我喜歡你」。

西瓜的英文是「watermelon」，唸起來很像是「我的美人」的諧音，所以引申出「我的美人，我喜歡妳」的意思。

傳統經過時間的洗禮，也就開始演變出更多的意涵。花有花語，瓜便有瓜語。如果你送紅色果肉的西瓜給對方，而對方回送的是黃色果肉的小玉西瓜，那就表示他對你只是純友誼，小玉西瓜代表的是「純友誼」。

木瓜代表「朝思暮想」。

哈蜜瓜代表「哈你哈得要死」。

南瓜代表「你很難追」。

苦瓜代表「愛你愛得好辛苦」。

還記得是大三那年，坤民一早就起床，把前一晚買好的西瓜抱在手上，離開宿舍之前，還回頭對我們說：「祝我好運！」

我們都知道，他喜歡一個學妹已經很久了，只是學妹一直有男朋友，「我手上沒有橫刀，所以奪不了愛。」他說，所以他只好祝福學妹與男朋友永浴愛河。

這年好不容易得知學妹已經分手的消息，剛好西瓜節也到了，他當然要趕緊把握。

可惜學妹當時並不在學校宿舍，他只好把西瓜託給她的室友轉交。他還在西瓜上貼了一張紙條，寫著：「我精心挑選，很甜，冰過更好吃！」我想他是不想把送西瓜表白這件事搞得太明顯，所以寫了張紙條，稍稍緩和一下。

但我們都覺得這是多餘的，此地無銀三百兩。

那天晚上，學妹回送了半顆西瓜，是紅色果肉的，因爲坤民不在，我們只好先把西瓜放在冰箱裡等他回來。

「到底回送半顆西瓜是什麼意思呢？」

不只是你，我們都在猜測著，不曾聽聞回送半顆西瓜的前例，也好像從沒有人爲此定義過什麼，我們看著冰箱，一頭霧水。

坤民到家之後，阿健把他拉到冰箱前，打開冰箱，指著西瓜對他說：「她回送你的，半顆紅色果肉的西瓜，眞的是半顆，不是我們偷吃的。」

坤民先是愣了一下，然後開心地大笑。

看到這一幕，我們頭上的霧就更重了，像是足以掩蓋山脈的山嵐一樣濃厚。

「這是把心分給你一半的意思啊！」坤民興奮地大叫著。

這麼解釋好像有點道理，對吧，N？當時你也是點頭如搗蒜的。

那天晚上我們又開了一個慶祝坤民脫離單身的啤酒趴，阿健還是被一瓶酒撂倒，醉得顛顛倒倒，坤民則是高興得喝到茫，最後竟然吐在你身上。好不容易把他清洗乾淨抬上床，你帶著一臉紅紅的醉意，呼吸中有濃濃的酒氣，向我走來。

我心跳加速。

「江芸，妳沒收到西瓜嗎？」你這麼問我。

眞是沒禮貌。

「其實，我有買西瓜要給妳。」你接著說。

我的心跳頓時漏了好幾拍。

阿健那天也買了條苦瓜，送給他系上的女助教，猶記得他前一年送的是南瓜，再前一年是送西瓜，但是換回來的都是小玉西瓜。阿健說，如果今年再出現小玉西瓜的話，他這輩子就不再吃小玉西瓜了。

那天下午他接到電話，是助教打的。她說她已經把苦瓜煮成了苦瓜湯，要阿健一起去吃。阿健很勇敢地在電話裡問她：「吃完這條苦瓜，妳會不會再回送我小玉西瓜？如果還是小玉西瓜的話，那我就不去了。」

我不知道她怎麼回答，只見阿健掛掉電話的時候，表情很怪異，他自己也說：「我覺得好像有事要發生。」

N，你還記得他要出門前的背影嗎？你說那看起來像是荊軻，已經完全豁出去的荊軻，這次再刺不死秦王的話，可能會直接自殺的荊軻。

發生的到底是好事？壞事？還是好壞參半？沒有人知道。

答案在晚上阿健回到家裡才見分曉。

「她在湯裡面加了鑫鑫腸。」阿健說。

「鑫鑫腸？」我們異口同聲地重複著。

「對呀，而且還買了幾瓶啤酒。」

「完了，你酒量這麼差，該不會在她面前喝醉吧？」坤民說。

「我知道啦，所以我沒喝，她也只喝了幾口。」

「那苦瓜湯好吃嗎？」我們的御用大廚坤民又追問。

「不好吃，她手藝不好，也可能是這兩種東西不能混在一起煮，吃起來感覺味道怪怪的。」

「那她爲什麼加了鑫鑫腸呢？」

「鑫鑫腸苦瓜湯。」

「什麼意思？」

「辛苦你了的意思。」

「那啤酒呢？」

「就是我很皮，讓你辛苦這麼久的意思。」

阿健接著從口袋裡掏出兩張紙，那是威秀影城的電影票兌換券。

「她說，明天中午去接她，要我陪她去看電影。」阿健說。

「所以秦王……刺成了？」

「不，沒刺成，因爲我要跟秦王去看電影了。」

阿健變成我們當中，第一個脫離單身的人，對象是大他三歲的助教。

那天曼曼也收到西瓜了，是系聯誼舞會時認識的一個男生送她的。

他眞是個勇敢的人。

他帶了好幾個同學，每個人身上都背著一把吉他，他把西瓜送給曼曼時，音樂聲響起，就在系館門口，他開始唱起情歌。

「我愛妳，請相信我最眞的心，別忘記不變的承諾，爲我捨不得，爲妳拋不去。我愛妳，不論用哪一種言語，不論用哪一種心情，等在夕陽籠罩，華燈初上吟唱的歌，妳一定聽得懂。」

然後他還跳了一段據說是非洲某個部落的求偶舞。那搖頭晃腦又抬手踢腳的怪異舞蹈實在是沒人看得懂，偶爾幾聲吆喝，還眞像是非洲部落土人的土語。

他跳完之後，捧著西瓜送給曼曼，一邊解釋，這是一種用生命來跳的舞，若是舞跳完，而女方沒有接受愛意的話，男方將一輩子單身，不能再喜歡其他人。

好勇敢的人啊！是吧，N。

這世上有多少人能像這部落裡的男人一樣這麼做呢？一輩子只能跳一次求偶舞，一輩子只能愛一個人，當對方不接受愛意，便從此封印自己的感情，孤獨一生。

但曼曼還是回送了他一顆小玉西瓜，他的表白與極爲勇敢的誠意令她深受感動，但感動歸感動，感情的事無法勉強，她並不喜歡他。

就像你並不喜歡我一樣。

因爲你送給我的，是一顆小玉西瓜。

是小玉西瓜，不是紅肉西瓜。

我會錯意了。

在你面前，我並沒有表現出我的會錯意，但我心裡好是尷尬。

就像坤民一樣，他以爲學妹回送他的半顆西瓜是「心分一半給你」的意思，但學妹回給他的訊息卻是很無厘頭的「我吃不了那一整顆西瓜」。

人生都是這樣的，對吧，N。

你遇見的人喜歡你，但你不一定喜歡他。

也說不定他不喜歡你，而你卻很喜歡他。

感情交錯的過程中，大家都說單方面的付出最後都得到遺憾。

但其實我會試著把這遺憾往好的方面去想，「至少，他們勇敢過了。」對吧？

是呀，至少他們勇敢過了。

勇敢好難呢，勇敢地對自己喜歡的人說一聲「我喜歡你」更難，至少對我來說是這樣的，至少在我回送你一顆小玉西瓜時也是這樣的。

「我沒有說謊，是愛情說謊，它帶你來，騙我說渴望的有可能有希望。」

聽過這首歌嗎，N？

歌手的名字叫林宥嘉，歌名是〈說謊〉。

聽到這首歌的時候，不知道爲什麼，我總會想起你。

你對我說過謊嗎，N？

我想是沒有的，因爲你沒有必要跟我說謊。你沒有什麼可以騙我的，連隱瞞都是多餘的。你總是能在我面前侃侃而談，關於那些屬於祕密的，或是一點都不祕密的，或是很不需要在意的，或是很心裡面的，或是很無聊低級的，或是很失落難過的，或是很開心興奮的，很多的或是。

但是，很抱歉，我對你說過兩次謊。

一次，就是回送你的那顆小玉西瓜。

另一次，留待我有勇氣面對的時候再說吧。

我們不是永遠都那麼勇敢的。

喔，不。

是我。

我永遠都不勇敢。

感情裡，勇敢好難。不勇敢，也好難。

4

落葉江畔微芸起

那些很寂寞的日子 2010/4/12

倒數計時持續著。

今天心情很悶，悶得像緊閉的窄小空間沒有開空調一樣。

我需要在心裡開一扇窗，但我找不到窗栓。

放學時，有個女學生問我：「老師，妳看起來心情很差喔！跟男朋友吵架了嗎？還是分手了？」

高一的學生總是還保留著國中時的稚嫩，言談中有著濃濃的孩子氣。

「是啊，老師跟男朋友分手了。」我故意這麼回答，在悶了一天之後，竟然因此笑了出來。

「那我介紹我大哥給妳認識好不好？他年紀跟妳一樣，是個帥哥喔，沒有女朋友，而且個性溫柔體貼大方。」學生說。

「眞的嗎？這麼優秀，怎麼會沒有女朋友？」

「因爲他也剛跟女朋友分手了啊！」

「這麼巧？」

「對啊，所以你們應該算是有緣分吧？」

「這樣就是有緣分喔？」

「對啊，都剛好分手，剛好單身，都剛好認識我啊。」

「妳對緣分的定義好簡單喔！」

「簡單一點好啊，人生幹嘛活得那麼複雜呢？」這個小女生故作成熟地說。

「眞希望妳長大之後能繼續活得這麼簡單。」

「所以好不好嘛，老師，我介紹我大哥給妳認識好不好？」

「幹嘛一定要介紹給我呢？」

「我覺得妳很漂亮又很棒啊，如果妳能當我大嫂更好。」

聽完這句話，我都快要吐血了。但是那當下我笑得很開心，羨慕著孩子的單純與天眞。

「可是老師才剛分手，暫時沒辦法喜歡另一個人喔！」我開始後悔跟她扯了這個小謊，明明沒有男朋友，卻硬要說是跟男朋友分手，搞得這場簡單的對話最後難以收拾。

「可以啦！一定可以的！分手了就是自由了，就可以從另一個人身上重新開始了啊！」她說。

從另一個人身上重新開始了。

我被這句話驚動了，N。

如果你聽到這段對話，會不會有一樣的感覺呢？

「被驚動了。」我竟自言自語地說了出來。

如果人總是要透過一段新感情去忘卻上一段感情，那麼上一段感情到底是爲了什麼而存在的？又是爲了什麼而消失的呢？

又如果這段感情只是一條單行道，我只通往你，但你卻不通往我，那麼這還算是一段感情嗎？還是只代表一段單戀？一段自以爲是的愛情？甚至是一個幻想？

或是，誤會，一場？

「從另一個人身上重新開始。」這句話像是跳針的唱盤，不停在我耳邊重複，而我怎麼也關不上它。

是該放棄你，接受別人的時候了吧，是嗎，N？

我想，你如果知道了，一定也會這麼勸我吧？

「別在我身上浪費時間，妳值得更好的人，江芸。」即使這是自己的幻想，但我彷彿能清楚地聽到你說這段話，我甚至能清楚地想像你說這話時臉上的表情，那帶著心疼安慰的聲音，那每每能溫暖我心的微笑。

「其實，是妳害死自己的，如果妳鼓起勇氣告訴他，說不定你們早就在一起了，就算沒在一起，也會知道答案，那妳就不用這麼痛苦地暗戀了，不是嗎？」說這些話的是我表姊，她叫許馨倫，大我兩歲，跟我很要好。

她是這世上知道你最多事情的人呢，N。那些關於我和你的事，那些關於我對你的喜歡，以及我的寂寞。

她是個很漂亮的女人，前些日子差點結了婚，但新郎在結婚前三個星期搞失蹤，前一個星期才傳簡訊說很抱歉，那天她很看得開地說：「好吧，至少他沒有在結婚之後才說很抱歉，我可以交新的男朋友了。」

所有的親戚朋友都讚賞她的率直，在人前她也一直都是這麼率直的人，但只有我知道，失婚那天夜裡，她在我的房間裡哭得不能自己。

「放棄，或是追求，妳只有兩條路可走。」表姊說。

我想她說得對，只怪我沒勇氣。放棄也沒勇氣，追求也沒勇氣。

有件事我忘了跟你說，也可能是我故意不說的。大約是幾個月前吧，我認識了一個從事保險業的朋友，是個男生，長得好看，而且斯文秀氣。那是學校同事的弟弟，年紀大我兩歲，叫做方哲賢。

他有著跟你一樣溫暖的笑容。

第一次看見他的時候，只覺得他是個帥哥，活潑、健談、帶著一股天眞的孩子氣，不過他的聲音讓人很難忘記，那像是深夜裡廣播主持人的聲音，溫柔有磁性，但不黏膩。

我只是跟他買了一張儲蓄險保單，他竟然要請我看電影。

你知道的，我這個人比較慢熟，而且怕生。看在同事的面子上，我不好意思拒絕他的邀約，也不好意思單獨赴約，只好請同事一起出席，並堅持吃個晚飯就好，看電影的話，日後有機會再去。

他眞的是個標準吃保險業這行飯的人，性格不慍不火，說話語調讓人覺得舒服，談吐溫文儒雅軟中帶硬，說服力極佳，同事只跟我們一起吃過一次飯，第二次見面時，就只剩下我跟他了。

其實我心底很明白，他是在追求我的。從他的動作與言談中，能很清楚地接收到他喜歡我的訊息。如果你問我喜不喜歡他，我只能說我不排斥，也有點好感，但總有不安全感存在，「這麼好的男生，怎麼可能會只屈就在我身邊？我只是個很平凡的女孩。」是的，我心裡這麼想。

上週六，我們剛從電影院出來，他從口袋裡拿出一個小紙袋，裡面裝了一個小盒子，「打開看看吧。」他說。

打開來，看見一條項鍊，一個類似菱形的銀飾，鑲了一顆光芒刺眼的鑽石。

「我不是故意要買這個玩意兒給妳的，我只是經過瞧見，覺得它戴在妳身上一定很好看，所以忍不住買下來，妳要怪的話，就怪這條項鍊跟妳太配了，不要怪我買東西送妳。」他說。

看看，瞧瞧，多麼會說話的一個男人！我想只要是女孩子，都會喜歡這樣的男人吧。

「方哲賢先生，你已經虧本了，你知道嗎？」我說。

「什麼意思？」

「你賣我一張保單才賺多少錢，結果你買項鍊送我？」

「一點都不虧的，江芸，如果能追到妳的話，我就賺了。」他說。

那天他帶我到一個有座大湖的公園裡散步，他很紳士，沒有得到我的允許之前，不曾牽過我的手，也不曾摟過我的肩或腰，他只是靜靜地走在我旁邊，說著一些關於他的事。

後來他問了我一個問題，「妳有沒有想過，十年後妳會在哪裡？又會變成什麼樣子呢？」

突然，我覺得這個問題很熟悉，像是有很多人都問過我這個問題，又可能只是自己問過自己好幾次。

但我印象最深的，是你曾經問過我呀，N。

還記得有一年中秋節，我們竟然都待在台北的宿舍裡，像是約好了一樣，但其實每個人都有苦衷。

坤民說他有很多報告沒做，留在台北，看著那些課本可能會比較有動力完成它。但是他最後還是沒完成報告就是了。

真情書

阿健說他美麗的助教女友一定要他留在台北，陪她一起度過相愛的第一個中秋節，「那會是這輩子最美的一次月圓。」我還記得阿健是這麼說的。

曼曼的家教學生功課嚴重落後，家長要求她趁著中秋節假期，替他多補習兩節課，薪水雙倍，「看在那雙倍薪水的份上，我就留下來吧。」

你的理由最簡單，「因爲車票難買。」

而我留下的理由，是爲了你。

依慣例，中秋節一定要讓嫦娥看見正在冒煙的台灣，所以我們還是決定烤肉了。從阿健陪完女朋友回到宿舍開始，不知不覺，竟然烤到天亮。

那天你問了我們一個問題：「十年後，我們會變成怎麼樣？」

「好爛的話題啊！」那當下我心裡的OS是這麼說的。這話題像是一種退了流行的產品，但因爲實用性高，所以繼續留在貨架上，沒新鮮感，卻依然暢銷。

不知道是多少年前，不知道是哪個人，在一個不知道是什麼樣的地方，寫了一封「給十年後的自己」的信，然後就形成風潮了。好像每個人都曾經寫過這樣一封信給自己，就算沒寫過，也曾經想過要怎麼寫一封信給十年後的自己，沒寫也沒想過的人也至少幻想過十年後自己會在哪裡、做些什麼，或者是不是已經死了。

因爲我們都對未來感到好奇。

前些年，我在台北小巨蛋看了一場張學友的演唱會，票很難買，而且很貴。但是當他以四十七歲的年齡，一出場就連跳五首快歌，汗水淋漓但依然唱得跟CD一樣好時，我就打從心底覺得那張票買得很值得。

他在那場演唱會裡說了一段話：

「我四十七歲了，已經不記得唱了多少場演唱會，但是我永遠記得我三十幾歲的時候，曾經站在舞台上問自己，十年後我還能不能繼續唱？而十年後，台下的你們會不會還在台下繼續支持我？」

底下的歌迷迴響熱烈，包括我，甚至我還一度紅了眼眶。

我告訴自己，如果十年後張學友能繼續唱歌，我一定會繼續站在台下爲他鼓掌。

張學友認識我嗎？不，不認識。

你認識我嗎，N？是的，你認識。

如果我能保證自己十年之後會繼續支持一個不認識我的張學友，那麼一個我深深喜歡的你，卻讓我沒辦法回答你說「十年後，我會依然喜歡你」，這是爲什麼呢？

我想，可能是寂寞造成的吧。

喜歡一個人太久，卻始終沒有結果的話，是眞的會感到寂寞的。

於是，那當下我問了方哲賢一個問題：「你寂寞嗎？」

他的表情怪異，用不解的眼神看著我，「我不明白妳爲什麼這麼問。」

「喜歡一個人太久，眞的會很寂寞的。」

「所以妳的意思是，我喜歡妳太久，會變得寂寞嗎？」

「不是，是我喜歡另一個人太久了，我心裡很寂寞。」我說。

接著我把那條項鍊還給了他，並且跟他說明你在我心裡的存在，有多久了，有多重要了。

多久，和多重要。

我都秤不出來了。你知道嗎，N？

許多年來，你一直都住在我心裡，沒有搬走過，我像是個從不要求你付房租的房東，只希望你能一直住著，直到哪天有另一個人要搬進來，我才肯讓你走。

方哲賢眞的是個好男人，他聽完我對你的眷戀，笑著祝福我，並且鼓勵我一定要向你表白，他認爲這或許是一段好姻緣，而我卻因爲膽小而錯過了。

「從另一個人身上重新開始。」

這句話繼續在我耳邊跳針。
而我，何時重新開始呢？

想通了，隨時都能重新開始。

落葉江畔微芸起

那些很做夢的日子 2010/4/21

倒數計時持續著。

現在是凌晨兩點近一刻，今夜的我是昏茫的。

原因？不知。我只感覺到心是糾結的。

糾結的原因？不知。

我的床被我的身體輾過了數百回，終究，我還是起身，開了電腦，用我的文字來悼祭今夜的失眠。

每次進到自己的部落格說說話之前，我總會先到 Facebook 上面看看你們。

你們，包括你。

像是被制約了似地，Facebook 的出現與存在，讓許多人都無法自拔。彷彿是那年我們一起瘋的線上遊戲一樣，只是我們再也沒有等級與職業的差別，除了到對方的開心農場去偷菜，養條虛擬的狗兒咬那隻戴著白手套的游標之外，就是戳來戳去的遊戲了。

嚴格來說，這並不是什麼遊戲，而且每次戳完之後，總會有一種空虛的無聊感出現。

「到底在戳什麼啊？」你在 Facebook 上這麼怒吼著，但下一秒又戳了好多人，你的家人、你的同學、朋友、阿健、坤民、曼曼，還有我。

然後我又戳了回去。然後你又戳回來。

戳戳戳戳戳，我感覺有點難以克制自己想戳人的衝動，但又難過我們竟然把時間浪費在戳來戳去上面。

「別再戳了好嗎？」我也怒吼著。

但下一秒我又戳了你們，包括你。

無聊、幼稚。

我們都是。

前兩天，你在 Facebook 上分享了一段影片連結，那是一位鋼琴家的演奏，一首膾炙人口的〈卡門〉。

「神的等級！！！！」你說，在Facebook上。那四個驚嘆號加強了這句話的力道，讓大家都能感覺到你的驚嘆，只可惜我不會鋼琴，我無法了解神的等級究竟有多高。

你也是會彈琴的呀，N。

我第一次看見你在社辦裡那架舊鋼琴前彈出柔美的曲調時，你可知道我的驚訝？我根本就不知道你還有這項才藝呀。那當下我只覺得自己很慚愧，我這麼喜歡你，卻也這麼不了解你。

但同時我對你的喜歡又更加濃烈了，那是一種愛的崇拜。

你說你從國小一年級就開始學琴，一直學到高中二年級。你已經具備當鋼琴教師的資格，只是從來不曾教過任何一個學生。「其實我只會自己彈，教人，我不會。」

「那你願意教我嗎？」我問過你。而你搖搖頭說不，「我只會自己彈。」

有一次，大夥兒到你家作客，伯母還特地燒了幾道好菜讓我們品嚐，怪不得你常常說，只要吃過你媽媽做的菜，可能會想拜伯母當乾媽。

你家是棟透天厝，四層樓。二樓的客廳裡擺著你的鋼琴，那張鋼琴椅上還有幾道被刀畫過的痕跡，經過歲月的摧殘，它髒得很好看。你說那曾經是你最不想坐上去的地方，因爲鋼琴老師很嚴格，你覺得學琴一點樂趣也沒有。那幾道刀痕是你小時候生氣發洩之後的結果，「我討厭那張椅子。」你說。

那天你彈奏了一首曲子，不是琴譜上的曲子。你只是坐上椅子，掀起琴蓋，把那條紅色的防塵毯拿開，靜靜地盯著黑白相間的琴鍵半晌，手指便輕柔地在鍵上跳躍著。

那聽起來像是一首可以哼唱的歌，主旋律很容易就能讓人深刻地印在腦海裡，像是流行歌曲一般，如果配上歌詞，應該會很快地朗朗上口。

但是你彈到一個段落就突然停下來了，我們正被美好的音樂帶著神遊，突然被這戛然而止的最後一個音給驚醒了。

「這是我以前寫的曲子，不過沒寫完，因爲不知道怎麼接下去。我終於知道那些創作歌曲的人有多厲害了。」你說。

「有詞嗎？」曼曼問。

「沒有。」

「爲什麼不寫詞？」阿健問。

「曲都沒寫完，怎麼寫詞？」你回答。

「那你把曲子寫完，叫江芸幫你寫詞，她中文系的，寫詞應該不難吧。」阿健提議，順便把視線投到我身上。

這時大家都看著我。

「我嗎？」

「當然是妳啊。」坤民說。

「我沒寫過詞，我不知道……」

「沒關係啦，又不是要出唱片，放輕鬆寫就好了，這曲子這麼好聽，沒有詞眞的很可惜啊。」

「我可以試試看。」我說。

你看著我，笑著點點頭，「那我就試著把曲寫完吧。」

那已經是四年多前的事了吧。

你終究沒有把歌完成，我人生第一次為歌曲寫詞的機會也就這樣沒了。

我眞的很想知道，那首歌完成之後會是什麼樣的，我更想知道，我會把那首歌的詞寫成什麼樣子。有一次，我夢見你唱了那首歌給我聽，詞和曲都是你獨立完成的，醒來後，我完全不記得那歌怎麼唱，那曲怎麼轉，那詞寫些什麼。

因爲，那就只是一場夢啊。

說到做夢，我曾經好幾次夢見你呢。

我曾經好幾次夢見你，但總在醒過來之後，只記得零碎的片段，有時甚至連零碎的片段都沒有。只是一片空白，或是漆黑。

在夢裡，有時你像是看不見我一樣，在我面前晃蕩，卻不曾回頭望我一眼，或是跟我說句話。

有時你也會出現在我的惡夢裡，跟我一起躲著鬼魂，或是被怪物追，那過程之緊張刺激，就像是好萊塢的電影。又或者我們會一起從很高很高的地方跌落，這是我最害怕的夢境，不停地墜落墜落墜落，不知道何時著地，不知道死得痛不痛。

而你在夢裡帶著我逃，你總會牽著我的手，彷彿我們早已是一對戀人，你爲了保護我，從不曾放開我。

我曾經因爲這樣的夢而暗自感到高興，即使那是個惡夢，即使裡面的怪物或是鬼魂總是恐怖而且凶惡，我依然高興。

但，那就只是夢，我只在夢中擁有你。

我清楚地記得，還同住在公寓宿舍時，有一次，曼曼跟高中同學去環島四天三夜，房間裡只有我，其中一天夜裡，我做了惡夢，夢見我被綁架，被好幾個男人架上車，帶到荒山野嶺，他們剝光我的衣服強暴我，我只能不停地反抗、哭泣，但反抗無效，我一點辦法也沒有。

我驚醒、尖叫、滿頭是汗，醒來的第一個反應竟是坐在床上抱著棉被狂哭。

阿健發揮了保全本性，他是第一個跑來敲門的，接著你跟坤民也都來了，我說門沒鎖，你們很快地把門打開，看見我哭泣的慘狀，連忙問著：「怎麼了？有小偷嗎？」

「沒事，我只是做惡夢而已。」我一邊掉眼淚一邊解釋著，說著說著，竟然不好意思地笑了出來。

「哎唷大小姐，別嚇人啊，大半夜的，這樣很恐怖啊。」阿健說完就回房去了，坤民跟在他的後頭。

只有你走近我，拉了張椅子坐到床邊。

「還好吧？」你拿了面紙遞給我，我接過來，眼淚繼續掉。

「嗯，沒事，只是恐怖的夢罷了。」

「什麼夢？說來聽聽吧。」

然後我鉅細靡遺地描述夢中發生的事，說完，你竟然笑了出來，「妳應該把夢做完的，江芸，最後妳就會發現，其實我有去救妳。」

「你？救我？」

「我是說，我跟阿健、坤民去救妳。他們負責打歹徒，我負責報警跟吶喊加油。」

「那你還是別來了吧。」我破涕而笑，眼淚已經不再掉了，也擦乾了。

「什麼，妳不想我去救妳喔？」

「你只會報警跟吶喊加油，這我也會做啊。」

「可是我想去救妳啊。」

「不用了，我覺得這種事還是讓阿健來比較可靠。」

「所以妳只希望阿健去就好了？」

「我希望阿健、坤民還有警察來。」

「眞的不要我喔？」

「不要。」

「眞的？」

「不要。」

「天啊！我好傷心喔！」你開始裝哭，別過頭去，一副很可憐的樣子。但我知道你是爲了轉移我對惡夢的注意力，故意裝瘋賣傻著。

「說不定我很神勇地擊退歹徒，然後妳就會對我刮目相看，甚至還可能喜歡我，然後我們就會在一起，王子公主從此過著幸福快樂的生活。」你說。

「你別開玩笑了，我們不會在一起的。」

「爲什麼不會？」

「我們並沒有互相吸引啊，我們太熟了，你像我的姊妹，我像你的兄弟。」

「這樣在一起更好啊。」

「別開玩笑了。」

「妳不喜歡我嗎？」

「不喜歡。」

「眞的嗎？」

「你不是認眞問的吧？」

「說不定我是認眞問的。」

「那等你認眞問的時候再說。」

「好，我是認眞問的。」

然後，我看著你的眼睛，愣了好一會兒。

空氣像是凝結了一般，沒有半點流動。

你知道爲什麼我這麼清楚地記得這些對話嗎，N？

因爲那是我們之間最靠近愛情的一次了。就這一次，唯一的一次，沒有下一次，也不會有下一次。

我不知道你是不是真的認真地問我那個問題，或許你只是想看看我的反應，也或許你只是想用這個方法讓我遠離對惡夢的恐懼。

也或許，你眞的，有那麼一下子，喜歡過我，是嗎？

我說過，我對你說了兩次謊。

一次是回送你的小玉西瓜。

一次是我那天晚上的回答。

「我對你的喜歡，不是愛情。」我說。

不是愛情。

我不只騙了你，還騙了自己。

而你聽完答案的反應竟是立刻笑了出來，「妳認眞的樣子好可愛啊，江芸。」

然後你摸摸我的頭，說了聲晚安，祝我不會再做惡夢。然後走出我的房間，關上門。

深夜的寂靜與巨大的寂寞瞬間朝我襲來，我倒地不起。

那天的夜，與今天的夜有一樣的味道。都有寂靜，也都有寂寞。

N，現在時間是凌晨三點三十七分，我倦了。

讓我歇著吧。

唯有在睡夢中，我才能停止喜歡你的行爲與衝動。

雖然，還是可能，夢見你。

還是可能，夢見你。

6

落葉江畔微芸起

那些很迷信的日子 2010/5/1

倒數計時持續著。

親愛的N，對我來說，你其實是一條繩子。

連接著我的過去、現在、未來。

三年前的某天，夜裡，接近我的睡眠時間，你用MSN搖晃了我幾次，我回應了你幾個問號，「快恭喜我吧！我有喜歡的人了！」你說。

喜歡的人？

這表示你正在暗戀中嗎？這表示那個對象並不知道你喜歡她？這表示你可能會在短時間內展開追求？這表示你可能會找一個時間跟她告白？

「而這個人會是我嗎？」這個問題只在一瞬閃過我的腦海，然後我就不敢再多想了。如果你是暗戀對方的，那麼，N，我可能沒辦法恭喜你，因爲我深深了解暗戀的辛苦。

我的第一次暗戀，發生在國中二年級。

這算早嗎，N？我的好朋友及好同學們都說算早，因爲那並不是一個懂得什麼是愛情的年紀。只知道每天想看見對方，想跟對方說話，尚不求能了解他的個性，卻已經希望能得知他所有的喜怒哀樂。

我聽過一首歌，是馬來西亞的歌手林宇中唱的，歌名叫做〈活到一百歲〉。

裡面有一句歌詞是這樣寫的：

「十幾歲情竇，開不成氣候，還不懂溫柔，就開始懂心痛。」

是呀，N，當你看到這段歌詞，應該也會很認同吧。

國二時，我還是個孩子呢，卻因爲喜歡班上的那個男孩，每天最早到學校，只爲了能在他踏進教室的第一時間見到他。當他笑了，我也會笑，當他嚴肅了起來，我便會開始猜想，他是不是心情不好呢？我能給他什麼安慰嗎？

幾個與我相知的姊妹知道我對他的感覺，時常很雞婆地說要替我表白，我只能千求萬拜地搖頭，請她們饒了我，我不想讓他知道我喜歡他，我只想每天都能看見他，那就足夠了。

「那，去編一條許願帶吧，把它綁在手上，當它斷了那天，願望就會實現了。」其中一個姊妹這麼對我說，我輕易地相信了。

我到了文具店，發現眞的有許願帶可以買。那只是幾條五彩繽紛的線，附上一張紙，教你編織的方法。我花了一個晚上的時間編完，然後把它綁上我的右手。

「許願帶呀，我叫江芸，我許願，誠心地許願，希望他能喜歡我，希望他能告訴我，說他也喜歡我。」

我是這麼許願的，我現在還記得。

那條許願帶在我們畢業那天斷掉了，我一共戴了一年半左右。

但他並沒有對我告白，我也沒有向他訴說心意。畢業後大家各奔西東，上高中、上五專、上高職，少數幾個同學重考，三年同窗瞬間就畫下句點，然後又開始另一個故事的起點。

孩子總是單純無知的，在愛情裡的孩子更是單純無知。

我的第二次暗戀，發生在高中二年級，對象是同一個社團的同學。他是自然組的前十名，我是社會組的前十名，我知道有好多女孩子喜歡他，而他也從不拒絕女孩子，只是他從不表態，也從不做選擇。我們班有人叫他韋小寶，然後戲稱我是他七個老婆的其中一個。

高中時，同班姊妹又告訴我，拿一張紙，寫上對方的生日跟名字，然後再寫上自己的生日跟名字，接著拿一條紅線，放在紙上包起來，放在自己的枕頭底下，如果對方跟你的緣分夠的話，會很自然地在一起。

我又照做了。

這次還沒到畢業，韋小寶就已經跟另一個女孩子在一起了。

「會不會是我放的紅線不夠長？」當時我還這麼問自己。

失戀的感覺很眞實，我第一次爲感情掉了眼淚。

孩子總是單純無知的，在愛情裡的孩子更是單純無知。

親愛的N，遇到你的時候，我想起了這兩個我曾經暗戀的男生。

他們瘦瘦的，高高的，都戴著眼鏡，都是單眼皮的眼睛，都有極佳的人緣與溫暖的笑容。

而你也是。

或許月老總是把我的紅線繫在這樣的男孩子身上，卻從不記得要把對方的紅線繫給我。

有時候祂把別人的紅線繫給我了，但我卻不喜歡那個人。

第一個跟我告白的男生，是在肯德基裡面認識的。但我真的不認識他，他只是滿臉通紅地走過來，很羞澀地說他想跟我交朋友。我給了他 email，跟他通了幾封信，然後他就消失了，每封信的最後，他都要我叫他親愛的，或是要我對他說我愛你。

我想他是個怪怪的人。

第二個跟我告白的男生是高中時的隔壁班同學。那時我正一心一意地喜歡著韋小寶，並沒有注意到他的存在，我只收過一兩封他的情書，但沒有回過信，我也只在學校跟他說過幾次話，他邀請我一起出去玩，我婉拒，他就沒有再找我了。

第三個跟我告白的男生，是我的家教學生，那時我們大三，他國二。他很直接地要我跟他在一起，我搖搖頭說不行，他說A片裡面有很多學生都跟老師在一起，而且女老師一到學生家，就會跟學生上床。他說這些話的時候，眼睛不時盯著我的胸部。

我隔天就打電話給他爸爸，辭了這份家教工作，他爸爸問我怎麼突然不想教了，我內心裡非常猶豫，不知道該不該說實話，但後來我還是說了身體不適，想休息一陣子的理由搪塞。畢竟我沒有證據，足以證明這孩子的偏差想法，說實話或許會惹來許多不必要的麻煩。

我曾經走在地下道裡，被算命先生叫住，他說從我的面相看來，是會有一堆桃花的人，但這些桃花不盡理想，爛的居多，要我慎選對象。接著他要我坐下，繼續看手相，還說不準不用錢，準的話只收一千。我笑一笑，離開了。

但那句「桃花不盡理想」，卻讓我想起了自己的感情路。

我暗戀的對象從不曾喜歡我，喜歡我的人，我又一點興趣也沒有。想找個互相喜歡的人，眞有這麼困難嗎？

難怪有人會說，這世上最美的巧合是愛情，因爲你愛他，他剛好也愛你。

那麼我的巧合何時會發生呢？那個剛好的人在哪裡？

爲此，我開始注意雜誌上的星座運勢，或是請稍懂塔羅牌的同學替我卜一卜，結果如何呢？好的壞的都有，我已經不知道該聽誰的了。

我其實不是個迷信的人。

雖然家裡的爸媽跟爺爺奶奶都是拿香拜佛祖的，但我本身卻沒有什麼信仰。他們每逢初一十五就會吃素，爺爺奶奶更是虔誠，早在我還不懂事的時候，就開始茹素，對他們來說，信仰不是迷信，即使他們時常在運勢不順的時候就去找人算命。

我也被人算過命，是媽媽帶我去的。

算命老師說，我在大學期間會有一段姻緣，但時間延續得不算長久，除非兩人眞的有意共度一生，不然也只是如過往雲煙般的愛情罷了。

然後我在大二時就遇見你了，N。

那時我眞的覺得算命老師說得眞準，原來那個人是你，原來你眞的就在那裡等我，就像命中注定的一樣。而當我知道你是當完兵，還補習一年才念大學時，我心裡更是興奮。

「如果你高中應屆就念了大學，那我就遇不到你了呀！」我在心裡這麼說著，我打從心裡相信，我的姻緣就是你。

有一天，曼曼要我陪她到行天宮拜拜求籤，她想知道自己出國念書的計畫是否能順利成行。我在她求籤時，順便也問了自己跟你會不會有結果。

神明給了我三個聖杯，同意我抽走其中一支籤。

籤詩是這樣寫的：

真情書

有心作福莫遲疑
求名清吉正當喜
此事必能成會合
此寶自然緊隨你

我到現在還留著這張籤詩，雖然上面的字跡已經慢慢地看不見了，紙也已經泛黃，墨也已經褪去，但記憶依然清晰。

當曼曼拿著一張下下籤給解籤師父，得到的答案是她將很難達成出國留學的願望時，我看見她的表情，好是失望。

然後師父拿走我的籤，才讀過一遍，便笑著對我說：「這是上上籤啊！小姐妳求的是感情還是事業？」

曼曼在我旁邊，我不好意思說我求的是感情，於是我隨意說了「學業」兩個字，師父便說：「其實不管妳求什麼都一樣，都會很順利的。」

然而，我們並沒有在一起，對吧，N？

因為你連我喜歡你都不知道，怎麼會跟我在一起呢？

那張籤並不準確，那個算命老師所說的姻緣也不準確，我依然是那個只能安靜地喜歡你的江芸，我的感情並沒有因爲神明的加持而有任何改變。

還記得三年前我交了一個男朋友吧，N？

那年，我二十四歲，那是我這輩子第一個男朋友。

好晚是吧？都二十四歲了，都已經半隻腳踏進熟女的領域了，我竟然才交了第一個男朋友。

「好晚，是吧？」我爸媽說是，我弟弟也說是，曼曼說是，阿健和坤民都說是，只有你說不是。「爲什麼不是？」我好想問你，但我問不出口。

其實我只是欣賞他，在欣賞當中帶了那麼點好感與喜歡，他是這些年來，唯一一個能讓我在短時間之內就迅速累積好感的人。我和他是在一個親戚的婚禮上認識的，互留了電話，吃過幾次飯，看了幾場電影，某天在公園裡散步聊天時，我的右手感覺到一陣溫暖的觸覺，「介意讓我牽著妳嗎？」他問我，而我沒有拒絕。

我想給自己一次機會，N，證明我確實是懂得愛人，也值得被愛的。

當我將MSN的暱稱改成「單身，再見」後，你很快就叮咚我了。

「江芸？妳？單身？再見？？？？？？」

雖然我看不見你的表情，只從螢幕上看見這簡單的七個字，還有四個問號，但是我已經接收到你的驚訝了。

「是啊，我交了男朋友了，射手座的，二十八歲，比你大了一歲，是個建築師，在建築師事務所上班，叫何宇彬，如果你有機會見到他，叫他芋頭冰就好，是個很好相處的人，開朗，而且聰明。」

我這麼回答你，順便把你可能會繼續追問的問題一次回答完畢。

我沒說的是，他跟你一樣，也跟我前兩個暗戀的對象一樣，瘦瘦的，高高的，都戴著眼鏡，單眼皮的眼睛，有著極佳的人緣與溫暖的笑容。

溫暖的笑容。

這是我最沒有抵抗力的一環了。

很快地，你們都知道我交了男朋友，要我盡快把男朋友帶給你們認識，你們都很好奇那會是個什麼樣的男生。

宇彬是台中人，工作也在台中。他到台北來跟你們見面那天，剛好是他的生日。十二月上旬的台北，冷得讓人直打哆嗦。

那天你們都瘋了，吃完飯之後上陽明山看夜景，看完夜景又衝去錢櫃夜唱。彷彿每個人都裝上了最強力的電池，再怎麼玩都不會累的樣子。
那天我醉了，我知道。在酒酣耳熱之際，我似乎抱錯人了，我也知道。因爲那身上的味道不同，那不是宇彬的味道；因爲那深刻的熟悉感不同，那不是宇彬的胸膛。
那是你的，N。
其實我在醉意中還保有一點理智，我一邊抱著你，一邊把一旁的阿健、坤民還有曼曼都拉進來，然後說我好喜歡你們。即使我們都還在台北念研究所，即使我們已經不住在一起，但也不是那麼不常見面。
即使，我只是想掩飾自己抱錯人的尷尬。
又或者，我想掩飾的不是尷尬，而是內心深處的喜悅呢？
在那當下我才發現自己糟糕了，因爲我明明喜歡著宇彬，卻還沒有忘記你呀，N，是因爲我太喜歡你的關係嗎？還是我對你依然留著一些希望？
我跟他只在一起一年，分手是我提的，原因是我無法再分裂了。
我的感情無法一次分裂給兩個人，當我時常在他的擁抱中，幻想那個溫暖的胸膛是你，我就很討厭自己。

真情書

對我來說，你眞的是一條繩子呀。

你連接著我的過去、現在、未來。

我花了好長的時間，從能跟你在一起的夢裡醒過來，我給你的感情太多太重了，壓得我無法呼吸，也看不見未來。

「你喜歡的人，是誰呢？」

我終於有勇氣問你這個問題了，在你用MSN告訴我，你有喜歡的人之後的幾個月。

「妳一定會知道的。」你說。這個答案讓我得到一個好大的禮物，叫做「漫長的等待」。

三個星期之後，告別二〇〇七，邁向二〇〇八的跨年夜，你跟曼曼牽著手，在我滿是祝福的表情，與被心碎淹沒的眼眶裡，一起倒數著。

五、四、三、二、一……

你不是我的那個剛好的人，我也不是你的剛好的人。

所以世上最美麗的巧合，與我們無關。

7

落葉江畔微芸起

倒數終止 2010/5/13

N，倒數計時結束了。

後天，五月十五日，就是你和曼曼的大喜之日。在一起了這些年，你們也眞的該把自己永遠地送給對方了。

而我也終於放棄了。

也放心了。

從今天起，我再不會在部落格裡，爲你寫下我的感情。這些日子，我對你的感情雖然讓我感覺到深深的寂寞，卻也很高興自己有過這一段。

至少我現在能誠實地面對自己，並且寫下來，不讓這份愛留白。

那年，曼曼在行天宮求到的籤似乎是準的，她之所以很難實現出國留學的願望，全是因為你，在愛情裡，她是願意為對方改變一切的人，你擁有她是幸福的，她擁有你也是。

就祝你們幸福，我是誠心的。

這輩子，你的幸福不在我這裡，我想應該在別人那裡吧。

喜宴上見了，N。

藏匿情感是我的天分，所以藏匿遺憾也會是我擅長的技能之一，我不會讓你看出我的遺憾，沒有人能看得出來。

這些文章，除了我，誰都看不見，因為我把它們都鎖起來了。

而我也將不再重讀這些文字，它們都只是過去了。

過去的我也過去了，過去的你也過去了。那些我沒有去爭取或追求的過去，都過去了。

就讓它過去吧。

今年九月，我就要離開台北，調到高雄的學校，繼續教書的工作了。

我說過了，離開台北是我自私的決定，或許我還無法在另一個人身上重新開始，但我可以到另一個地方重新開始吧。

既然我在這裡爲你留下了千言萬語，最後，我總得爲自己寫些什麼的，是吧。

那麼，就寫一封短信，給我還未出現的那個戀人吧。

親愛的，戀人：

你好，我愛你。

但是很可惜地，你還沒出現呢。

我有些問題想問你，你或許會覺得奇怪，但請原諒我的任性，我就是想問，好嗎？

我最愛的人會是誰呢？會是你嗎？

我要嫁的人會是誰呢？也是你嗎？

如果都是你，那麼為什麼這麼久了，我們還沒相愛呢？

甚至，你還沒出現呢！

你啊，在哪兒啊？

給我一點點暗示吧，我會用我最快的速度往你的方向去的！

最好一把撞進你的懷裡，然後在你傻眼的時候，我就立刻牽住你，抱住你。

再也不讓你走了。

但是，你在哪兒呢？在哪兒？

如果我這輩子都遇不到你，該怎麼辦呢？誰去替我告訴你，我真的很愛你呢？

應該，沒有人會幫我傳達這句話吧。

我總不能跟我朋友說：「你去幫我跟他說，我很愛他。」但我卻不知道「他」是誰。

所以，我就先說了吧。

就在這篇部落格文章裡，就這裡，至少這樣是有證據的，你會看見幾月幾號星期幾，天氣是晴還是雨，我甚至會標註幾點幾分幾秒的時候，我跟你說了：

「我愛你！戀人！」

如果我的人生會因為你而更完美的話，那你就快點出現吧。

因為你的人生少了我，也不會完美的。

你的人生少了我，也不會完美的。

痕跡

我答應了自己，來這裡跟自己說話。

過去許多事，既然都已經過去了，就該慶幸。

因為我走過來了，我將會更無敵。

我並沒有對愛情絕望，

反而更加深信在愛情裡，我會是那個更堅強的自己。

說不定哪天，我遇見某個人，
我不需要再去為他改變自己什麼，
也不希望他為我改變什麼，
雙方只要一個眼神的交換，
便願意與他遠走天涯。
去哪兒呢？都可以。
我期待著有人可以帶我走，去哪兒都可以。
我沒有對愛情絕望。
我期待愛情可以帶我走，去哪兒都可以。

1

我沒有想過，所謂的婚姻，對我來說究竟是什麼，倒是許多人問過我這個問題，而我回答不出來。天生性格比較像男孩子的關係吧，我總是先哈哈大笑，然後用一句「是我還不懂的事」來回答，然後就被吐槽回來。

「結了就懂了呀。」他們都會這麼說。

「都三十歲了，該嫁人了吧？」他們接下來就會補上這句話。

「都和男朋友在一起四、五年了吧？也算穩定了吧？」這一定會是第三句。

「快去跟他說，叫他們家人來提親。」這是第四句。

接著他們會替我上一堂可愛的數學課：就算我現在立刻結婚，明天立刻有身孕，也要九個多月之後才當媽媽，那時我已經三十一歲了；等孩子一歲多時，我再懷第二胎，再等九個多月生孩子，那時我已經三十三歲了。第二個孩子滿二十歲時，我已經五十三了，孩子如果念到研究所，甚至博士，那時我都已經六十了，怎麼有機會老了享清福呢？

「忙了一輩子，老了之後應該放長假而不是繼續擔心孩子呀。」我的伯伯說。

但這依然沒能說服我結婚，結婚依然是我不懂的事。

又或者，我不是還不懂，而是不想懂？

這些話他們講了好幾年，打從我二十七歲開始，他們就急著想把我嫁出去，像是我這輩子可能會沒人要一樣，然後二十八歲、二十九歲，然後今年我已經三十歲了，他們的對白還是沒變。

其實二十九歲那年，我曾經準備結婚，不過這事很複雜，容我晚點再說。

他們就是我的家人，包括我的兄弟姊妹爸媽叔伯姨嬸公婆等等，每個人都問過我結婚的問題，只除了一個人沒問過，那就是我表妹，她叫江芸，一個溫柔婉約的女孩子，氣質出眾而且脾氣很好，印象中，我好像沒見過她生氣，之前她在台北教書，現在調回高雄，我們見面的機會就變多了。

江芸問過我最接近婚姻的問題，是「自己喜歡的人要跟別人結婚，自己該怎麼調適」。我知道她喜歡那個代號N的男人很久了，不過我也罵她笨，人家N先生既不是她進行式的男朋友，也沒跟她在一起過，「他跟別人結婚，妳在調適個屁呀？」我是這麼回答她的。

「但是我喜歡他呀。」她說，一副悵然若失的模樣。

「但是妳也沒跟他說妳喜歡他呀我的大小姐！」

「我不敢說，而且爲什麼一定要說呢？」

「沒有一定要說呀，但是不說的結果就是人家要去娶別人了啊我的大小姐！」

「那就是徐志摩說的得之我幸，不得我命囉，祝他們幸福呀。」

「那妳就不要再靠夭說心情不好調適好嗎我的大小姐？」我說。

不好意思啦，我雖然是個女人，但個性眞的比較男性化，請別介意我說話比較……嗯……直接跟……帶點靠……或他媽的……這樣……

說眞的，我並不排斥結婚這件事，當我還是個國小學生時，我也曾經幻想自己是公主，結婚時會有很多人來觀禮，我的丈夫一定是個高大英俊的帥哥，所有的賓客都著燕尾服跟晚禮服，人手一杯香檳，在牧師的見證之下，丈夫替我戴上戒指互許終身，所有人舉杯爲我們祝賀。

到了國中，我就改變了。

青春期快速長大與快速變化的人格發展，似乎讓我與溫軟柔和的女性特質愈離愈遠，不知道爲什麼，我總是覺得，男生其實沒有想像中那麼可靠，很多事情不需要靠男生也能完成。於是我開始做一些男生才有興趣的事，例如上體育課時跟他們一起打籃球，或是放學後跟他們一起流連在撞球間。

就這樣，我男性朋友的數目遠比女性多過數倍，而且我深深地覺得，跟男生相處比跟女生相處容易得多。

一個女孩子跟男生長期相處的結果有兩種：

第一是漸漸地被男性同化，說話與性格都會改變，不過我並沒有因此改變性向，我很明白自己還是喜歡男人的。

第二則是會吸引到一些男生，對妳產生好感，而且是愛情方面的。

日久生情，就是這個原因。

當然還是有那種我不認識他，他卻跑來跟我說他對我一見鍾情、想追我的男生，我總會問他們喜歡我哪一點，大部分的回答都是：「因爲妳很漂亮啊！是我喜歡的類型。」

我很漂亮？

好吧，我自認長得不醜，但漂不漂亮是別人決定的。就算眞的漂亮，那也只能歸功於我爸媽，把我生得很好，就算不漂亮，我也不會責怪爸媽怎麼把我生成這樣。

碰上這一類的男生，我通常都直接給他們三個字——對不起，然後就再也不會說第二句話了。但他們總會繼續糾纏，並且撂下話說：「妳放心，許馨倫，我不會放棄的，我會一直一直喜歡妳，直到妳喜歡上我爲止。」

然後時間最長的撐了一年，最短的撐了五天。

撐五天那個就不說了，他簡直是個花癡，見一個愛一個，只要長得不錯他都要，但可憐的是，沒一個追得到。

撐一年的那個男生我就印象深刻了，我們都叫他阿文，是我打撞球那一票男性朋友中的一個，跟我同校不同班。他說喜歡我很久了，跟我告白當天，已經是他認識我的好幾個月之後了，在他告白之後，我並沒有很直接地拒絕他，雖然我的心明白地告訴自己，我根本不喜歡他，但爲了日後在撞球間相見不尷尬，我給了他一個中庸的答案。

「先當朋友就好，別想太多好嗎？」我說。

然後阿文就等了我一年，我們都將畢業時他才放棄。

那天他把我叫到撞球間外面，表示有話想跟我說。我大概知道他想說什麼，一定又是拜託妳快點給我答案或是請妳跟我在一起之類的，但是我錯了。

「許馨倫，喜歡妳這麼久，我才知道我是個遲鈍的人，眞是個笨蛋。我早就該發現妳其實不喜歡我，只是不想傷害我，所以沒有直接拒絕我而已。謝謝妳的善良，我總算沒有看錯人，妳是值得喜歡的。我看過一本書，裡面有一句話，寫說『失敗的戀情會讓自己很快地長大』，我們沒有發生戀情，但是我卻覺得自己長大了一些，眞的。現在請妳出來，只是要告訴妳，我畢業之後要搬到新加坡去了，我爸爸要去那裡工作，我們全家都要走，請妳要自己照顧自己，希望我們還能再見面。」

那是阿文對我說的最後一段話，畢業後，我就眞的沒有再見到他。

我粗略記得的就是這些話，但其實他說了很多，而且有些話我聽了很感動，當他說他要離開台灣，搬到新加坡的時候，我竟然有一種好捨不得的感覺，我好想跟他說「不要走，留下來，我會試著喜歡你」。

但我的理智並沒有允許我這麼說，我只是說了拜拜，就這樣。

不過他那句話卻讓我記到現在，「失敗的戀情會讓自己長大」。

在那之前，我從沒有過任何戀愛經驗，所以我並不懂什麼是戀情，又什麼是失敗的戀情，長大又是長大什麼。

升上高中後，我喜歡上一個男生，爲什麼喜歡他，我也覺得很奇怪。

更奇怪的是，明明我本來很討厭他，他就是那種輕浮又愛做怪的男生，而且他有個我沒辦法接受的習慣，就是抽菸。

他是國中那些撞球朋友介紹的，年紀比我們都大，國中畢業後就沒有再升學了，工作是建築工學徒，身材壯碩，皮膚黝黑，這也難怪，每天都在工地曬太陽，當然身強體壯皮膚黑。

他開始追我的時候，我很直接地拒絕他，並且要他打消這個念頭。他問我爲什麼一點機會都不給，「你不是我的型，你輕浮、愛做怪、一副小流氓的樣子，我沒辦法喜歡這種人。」我說。

但是他沒有放棄，抓到機會就要我陪他去看電影，或是一起吃碗麵也可以，要我不要那麼酷。但我都直接地說：「不，拜拜，下次再見，不要再約我了。」

只是後來我漸漸地發現一些他的事情，開始對他改觀。

他沒有繼續升學，是因爲爸爸病了沒辦法工作，還需要住院費跟一些醫療花費；媽媽兼兩份工，也才賺個兩萬多塊。他是家中老大，底下還有三個弟妹要念書吃飯，於是他自願放棄學業，當學徒替家裡賺錢。

他輕浮說話沒水準又愛做怪並不是他願意的，他本來就不愛念書，交的朋友也都差不多，當學徒之後，面對的都是工地的叔叔伯伯，他們本來就是草莽匹夫，講話當然不會有什麼氣質，耳濡目染之下，他就變成那個樣子了。

到撞球間打撞球是他唯一的興趣，他沒有其他不良嗜好，而且有責任感，再怎麼累，都一定會去工作，有一次發燒三十九度，併發急性胃炎，依然跑去上班，結果昏倒送醫院急診，我們還去看他，他躺在急診室裡，手上掛著點滴，都已經沒啥力氣了，卻還是很輕浮地問我：「喂，馨倫帥妞，看到妳來看我，我好爽耶！病都好一半了！妳考慮一下，當我女朋友啦！拜託啦！當幾天也好，不然今天就好，今天一過就分手，這樣可以了吧？」

他出院沒多久，有一天我主動約他去看電影，但是不准他請客。之後我刻意給他機會跟我相處，或許是因爲對他改觀，再加上我認爲孝順的人應該不會壞到哪裡去。

大概兩個月後，我答應跟他在一起，但奇怪的是，到底喜不喜歡他，我自己也不知道。決定交往當天，他就很興奮但沒什麼禮貌不帶尊重地吻了我，我的初吻就這樣在充滿菸臭味和黏膩的口水味中，沒了。

沒了，就這樣沒了。

去你媽的！

你可能想問我，有沒有後悔初吻就這樣被奪走，或是後悔就這樣答應跟他在一起，更可能會想罵我，怎麼會笨到用什麼孝順跟責任感去判斷該不該跟一個人在一起，對吧？

當年我只是一個高中一年級的學生，根本不懂感情，所以你如果真的要問我會不會後悔，我一定會跟你說會，而且是非常非常後悔。

而且事實證明，我自以爲他孝順、有責任感，便同意他當我男朋友的決定是錯的。因爲他會動手打我。對，就是動手打我。

就是那種惡言相向，然後突然間一巴掌甩過來的動手打我。

他打我兩次，原因各自不同，第一次是喝醉發酒瘋，第二次是他看到我跟另一個男生有說有笑，醋罈子因而翻了好幾罐，他問我那個男生是誰，我說只是朋友，順便加了一句「你很無聊」，他就失控了。

爸媽是不許我太早交男朋友的，所以我跟他的事情一直都是祕密。第一次被打時，媽媽發現我臉上的瘀傷，我扯謊說是撞到學校的門，不到一個月，我再次受傷，遮遮掩掩地回到家，還是被發現，經不住爸媽詢問，加上心裡覺得委屈，我哭了出來，承認偷偷交了男朋友，而且傷是男朋友打的。

我和他當然是立刻分手了，爸爸出面替我解決了這件事。

我爸嚴正警告他，不准他再出現，否則驗傷提告，讓他賠不完。他事後多次找我要道歉，也請了好多朋友來跟我說他很抱歉，但於事無補，我再也不想見到他。

阿文那句話是對的，「失敗的戀情會讓自己很快地長大」。

我體會了什麼是失敗的戀情，也知道什麼是很快地長大。

只是，這滋味不好受，而且很傷，陰影很重。

失敗的戀情會讓自己很快地長大。

2

在愛情裡，我應該是個十足的失敗者，這點我承認，而且是大方地承認，但是用大方兩個字還不足以形容，應該說我不但大方，還很驕傲地承認，我就是愛情的失敗者。

這是我的驕傲！

跟我很麻吉的朋友都聽過我的每一段愛情故事，有些他們聽了會替我咬牙切齒，有些則是笑我愚蠢，然後就會開始討論起我對男人的吸引力，再接著話題就轉個小彎，開始討論起我在愛情裡的樣子，接著定論我對愛情的態度，然後就會下一個結語：

「許馨倫，妳就是那種自做自受的女人。」他們說。

眞是靠北……邊走，什麼叫自做自受的女人？

一開始聽到「自做自受」這個詞，我還眞是不高興，一臉不諒解地找他們理論，「每一段感情，老娘都極用心地去愛，結果感情失敗不說，還要被你們酸我自做自受是怎樣？是不是站我這邊的啊到底？」

然後他們就會試圖解釋，所謂自做自受，並不表示一種錯，而是一種結果，那結果來自一開始種下的因，「妳一戀愛就會變成黏土，任由男朋友揉捏成任何他喜歡的樣子，為對方改變許多，等到最後分手了，妳才突然想起來，說：『靠！老娘根本不是這個樣子的！』這不是自做自受，不然是什麼？」

我無話可說，完全無法反駁。

在愛情裡的我確實是盲目的，我總是很在意男朋友說的「請妳不要怎樣怎樣，因為我不喜歡那樣那樣」，或是「妳能不能改個什麼什麼，因為那會是我喜歡的那麼那麼」。

男朋友不喜歡我化妝，所以我眉毛畫一畫就出門了，根本就是素顏。

男朋友不喜歡我看連續劇，或是無聊八卦的談話性節目，我就把電視頻道鎖定在HBO跟Discovery。

男朋友不喜歡我在網路購物，我就把那些網站從我的最愛裡刪除。

男朋友不喜歡我剪短髮，我的頭髮就一直都是長的。

甚至，原本不喜歡穿裙子的我，在交了幾個男朋友之後，衣櫥裡竟然有一個抽屜，裡頭裝得滿滿的，全都是裙子，不管長短、樣式，各種風格都有。江芸的身材跟我差不多，我還曾經多次借她裙子穿。

家人都知道我跟江芸的感情很好，雖然她是我表妹，但幾乎像是我親妹妹一樣親近。我爸還說，比起江芸，我應該是那個在感情中很強勢的人，因爲我的男孩子氣，感覺上，我就是會讓男方知道女性的堅強的那種女人。

但是我沒有。

江芸只交過一個男朋友，而我交過四個。

每次她看到我，都會故意問：「還是同一個嗎，姊？」我都回答到不好意思了，好像我是很花心的女人，一天到晚在換男朋友。

我第一個男朋友就是前面說到的那個建築工人，對於那段感情，我沒有任何留戀，任何、絲毫、一點點都沒有，留下的全是不願再想起的回憶，以及許多後遺症。

我開始戒掉撞球，有男朋友之後，再不敢跟別的男生聊天聊得太開心，然後我很害怕跟男人吵架，就算吵架，我也不敢大聲跟男人說話，一旦對方講話加重語氣、音量變大，我就會嚇得後退，「你可不可以不要大聲跟我說話？」我會這麼請求他。

第二任男朋友是我大一時的同班同學，系上女生公認他是全系最帥的男生。他的家境似乎不錯，對人也很和善，才開學沒多久，就開始追求我，理由跟以前的男生一樣，就是因爲我漂亮。又來了，我很漂亮，難道我除了漂亮之外，沒有其他可以吸引男人的優點了嗎？

他跟我第一任男友實在相差太大了，溫柔體貼而且很會照顧人，說話風趣又不低級，再加上那張臉蛋真的很耐看（我承認他是帥哥），我很快就被他征服。

在一起的前幾個月十分甜蜜，天天出雙入對，他走到哪裡我跟到哪裡。他買了好幾套衣服給我，要我什麼時候穿給他看，我就什麼時候穿給他看。他喜歡吃蝦子，我還因此偷偷去找班上同學學釣蝦，第一次去釣蝦，兩個小時只釣到六條，但他卻感動得把我抱起來猛親。

他不喜歡我穿太露的衣服，我那些斜肩低胸的衣服就全都收起來了，他不喜歡我穿太短的裙子，我那幾件短裙就通通搬去江芸的衣櫥裡放著。他跟第一任男朋友一樣，不喜歡我跟其他男生太靠近，我與那些朋友便少了聯絡。

我的朋友說得很對，在愛情裡，我確實是黏土。

同樣的事，明明在上一次戀情裡已經發生了、傷害了，並且告誡自己絕對不能再犯，但新的戀情到來，像是健忘症急速發作，我立刻全忘了。

他第一次跟我吵架的時候，那張帥氣的臉龐頓時變成一張我不認得的臉，本來就已經很大的眼睛瞪得更大，看我連退了好幾步，他才感覺到似乎嚇著我了，「馨倫，妳怎麼一直後退？」他問。

「我不要吵架，請你不要凶我。」我說，覺得有點想哭。

「好好好，我們不吵架，妳不要哭。」他走了過來，把我抱入懷中。開頭我還有點怯懦地抵抗，他則是輕輕地把我的頭靠在他的胸膛上，「我嚇著妳了，妳別怕，對不起，再也不會了，我再也不會凶妳了。」他安撫著。

幾個月之後，他就忘了他說過的話。第二次吵架，他把安全帽往地上摔，還罵了一聲操你媽。

我不知道他到底想操誰的媽，我只知道我必須快點離開他。

其實我忘了第一次跟第二次吵架的原因，因為我都忙著害怕吧，所以完全不記得吵架內容，我只是希望能好好溝通，就算雙方都已經有點火氣了，也可以跟對方說：「我們先冷靜一下，等心情平復了再說，就算現在無法平復，那明天再說也可以，好嗎？」

是呀，明天再說也可以，不行嗎？

兩個人都在氣頭上時，非得爭個輸贏，吵出個結果來嗎？到底我們是現代人還是古代人？兩人相約決鬥，簽了生死狀，就一定要殺出個結果來？

戀愛怎麼會是決鬥呢？那不應該是很美好的一件事嗎？

我跟他的分手一點都不平和，而且可以說是撕破臉了。分手前幾天，我除了在學校之外，其他時間完全見不到他，約他一起吃午飯晚飯都說沒空，已經跟朋友約好要幹嘛幹嘛，我問他可以跟嗎?他搖頭說不，我因此乖乖回家。有一天晚上，爲了讓他開心，我跑去釣蝦，還烤好外帶，在他宿舍樓下等他回家，他卻沒說什麼，只說謝謝然後把我趕回去。

遲鈍如我，這才突然發現，「咦?他每天下課都在講電話耶!」而我根本不知道和他通電話的人是誰。但聽他說話的語氣溫柔，我猜那是個女孩子。

問他，他說不是。

再問，他說是又怎麼樣，就只是朋友而已。

接著我只是問他，爲什麼不許我跟別的男生說話，但他卻跟另一個女生幾乎天天講電話，然後他就不高興了。

他說他跟她只是朋友，我說我跟那些男孩子也只是朋友，他說我不相信他，我說問你不代表不相信，而是想聽到一個合理的解釋。

然後他就爆炸了。

在學校宿舍附近的停車場，晚上九點多，他咆哮著，我這才發現，原來他的脾氣並不好，我也是這時候才發現，原來我根本就是個笨蛋，還不了解一個人，就開始付出感情，所謂的喜歡，都只是一時盲目的好感，等到最後的結局來臨，難堪的戲碼上演，受傷的總是自己。

第二段感情持續不到一年，他要我離他遠一點，於是上課的時候，他坐在教室的右後方，我就坐在左前方，班上同學都知道我們曾經是一對，現在撕破臉，每個人都識相地沒有過問，只有幾個跟我比較好的女孩子探問過我們的狀況，而我也只是輕描淡寫地說：「就分手了，沒了，沒別的可以說。」

只是我開始討厭自己，並且覺得悲哀，因爲就連分手後，我都還像是黏土一樣，繼續被揉捏著，他叫我離他遠一點，我就眞的離他遠一點。

沒多久之後，他就跟那個女生在一起了，我也是直到這時候才知道，他背著我偷偷去聯誼，有一度我眞的很想問他：「你是不是劈腿？」但後來想一想，何必問呢？劈了又怎樣？沒劈又怎樣？知道了答案又怎樣？

都再也與我無關了呀。

在愛情裡，我永遠都不會是本來的許馨倫，永遠都不是自己。

我知道這樣不好，但我卻不知道該怎麼辦，怎麼想都想不透。

如果我天生就是黏土命，那麼我可以認了。畢竟我自問，爲了愛情改變自己，我並沒有不快樂，是眞的，我並不會因爲改變自己而不快樂，相反地，如果對方因爲我的改變而更加快樂，那我何樂不爲呢？改變後的我是快樂的，他因爲我的改變也快樂，那就變啊。

只是我想不透的是，當我已經願意爲愛改變了，爲什麼對方卻不珍惜呢？

珍惜很難嗎？難在哪裡？

我相信女人都只是想找一個珍惜自己的人，我相信。

只是，那個人在哪裡？

找一個願意珍惜自己的人，很難嗎？

戀愛不是決鬥，贏的人不見得能夠決定什麼，輸了也不表示就失去什麼。

3

他是第一個要我把頭髮剪短的男朋友，我的第三任。

那年我剛升大三，他已經是個上班族，三十歲，是朋友的朋友的朋友介紹我們認識的，這中間的關係曲折複雜，我也不知道該怎麼解釋。

總之，第一次見到他是在一個飯局上，他是我同學認識的一個朋友所帶來的朋友介紹的。

「妳好，久仰大名，今天終於如願見到本人了。」這是他跟我說的第一句話。

「久仰大名？」

「對啊！我朋友一直說他有個朋友很漂亮，我請他快點介紹給我認識，拖了好久，今天總算見到妳了。」

「我想他是誇張了，我不漂亮。」

「不，妳謙虛了許小姐，今天見到妳，我才相信他並沒有唬我，妳眞的很漂亮。」

「謝謝誇獎。」

「我叫杜志宇，很高興見到妳。」

我們握了手，他對我微笑點頭。

接著他拿出相機，要朋友替我們拍照。

「我可以輕輕摟著妳的肩膀拍一張嗎？」他問。

我笑著點頭，「嗯，好。」

那天之後，我每天都會接到他的電話，沒有電話也至少會有簡訊，內容都是噓寒問暖的關心，偶爾問問晚上有沒有空，他想請我看電影。

我不討厭他，但也稱不上喜歡。他給我的感覺是八面玲瓏，跟什麼人都可以相處，或許是已經出社會了的關係，他與人之間的應對進退都很得宜，而且有禮貌。

有一次朋友邀約，說要一起去九份，「是杜志宇揪的團，他指名一定要找妳去。」朋友說。我問杜志宇為什麼不自己打電話來約我，偏要朋友來轉達？朋友說是因為他每次約我看電影吃飯，我都拒絕，所以不敢再找我，怕我又跟他說 no。

其實，會說 no 的原因只是我跟他不熟，單獨出去我會有壓力。

那次的九份團，一共有十幾個人參加，一半以上都是我認識的人。我心想，既然不是單獨出遊，又是跟一些好朋友一起，應該會很好玩吧。

懷著這樣的心情，我點頭答應了。一週後的週末，星期六中午，風和日麗，是個適合出遊的好天氣，大家選在動物園站集合出發，我被安排坐在杜志宇的車上，而且是副駕駛座。

「能載妳眞是我的榮幸啊！」

「喔！謝謝。」

「知道妳要來，我昨天還特地把車子洗乾淨。」

這時坐在後座的兩個朋友開始抱怨：「如果許馨倫沒來，那我們今天搭的就會是髒亂的垃圾車囉？」

「嗯，有可能喔！」他這麼回答，還轉頭看了我一眼。

我有些不好意思。

在九份老街吃吃喝喝，一行人慢慢走慢慢逛，還到一間可以看風景的茶坊喝下午茶，其中一個朋友提議去爬雞籠山，所有人都跟著附和說好，就連平常根本不喜歡運動的人也說好，我只好點頭，儘管我有多麼不願意。

其實我不是第一次去九份，旁邊的雞籠山也不是第一次爬。就是因爲爬過，所以才知道爬雞籠山有多喘多累，我還發過誓，要是再到九份，我絕對不再爬雞籠山。

但我還是被拖著走了，那條登山步道的入口處有個大石塊，上面刻著「雞籠山登山步道」。看著那蜿蜒直上的步道，我已經覺得累了。

杜志宇一路都跟在我旁邊，其他的朋友則不知道為什麼，全都健步如飛，才開始登山沒多久，就只剩我跟他被留在隊伍的最後面。

「加油，妳可以的。」他說。

「我爬過了，我知道我可以，但是很累。」

「累是值得的，最上面會有美好的風景。」

「那風景我也看過了，但是很累。」

「再看一次無妨，美麗的東西，多看幾次也不會膩，而且說不定會有新的東西被發掘。」

「風景是真的很美麗，但是真的很累。」

說完這些話，我已經氣喘吁吁了。

「加油，我會陪妳走上去的。」他說。

也不知道爬了多久，我們把握機會，經過涼亭就停下來休息，他不斷地跟我說「加油，山頂的美好風景等著妳」，而我只能點頭，喘得沒辦法回應。

終於，我到了山頂。

站在觀海木亭上，接近傍晚時分，從雞籠山頂看出去的風景眞的很美，曲折的海岸線、蜿蜒的道路，加上天氣很好，可以看得很遠。海、天、山、九份老城鎭，各自以自己最美的顏色呈現。

就在我看風景看得出神時，他在我身後叫我，「妳看，這裡有一個被埋著的瓶子耶。」他站在旁邊的草叢裡，一個遊客不太會注意到的地方，指著地上說。

我轉頭，走到他旁邊，在他腳邊看見一個用軟木塞塞住瓶口的瓶子，整個瓶身都埋在土裡，只露出軟木塞。

「這會不會是瓶中信？」他問。

「瓶中信是在海上漂的吧？」

「說的也是，但它爲什麼會被埋在這裡？」

「我怎麼知道？」

「我們把它拿出來看？」

「不好吧，說不定是別人的祕密，說不定是哪一對情侶相約幾年後要一起挖出來看的。」

「像是……《我的野蠻女友》那樣？」

「對，時空膠囊。」我說。

「我們把它拿出來看一看，然後再塞回去就好啦。」

「不要吧。」

「沒關係啦。」

「它埋得那麼深，你要怎麼拿？」

我話才說完，他就從包包裡拿出一個小鏟子，嚇了我一跳，本能地問：「你……怎麼隨身帶鏟子？」

這時他笑了出來，我才恍然大悟，原來那是他埋的瓶子。

「其實，我昨天下午跟公司請假，帶著瓶子就跑來這裡，妳說的沒錯，爬這山真的超累的。」他一邊挖一邊說。「而且這個土超難挖，很硬，我挖了很久。當我把瓶子埋好，天都快黑了。」

然後瓶子出土，他交給我，我在裡面看到一張捲起來的紙。

「妳自己選，妳要現在看？還是回家再看？」他問。

這時，我有些不知所措，心裡有一種怪怪的感覺，到底是感動還是什麼，我也分不清楚。像是擁有飛毛腿、消失很久的朋友們這時不知道從哪裡冒出來，「回家看比較好啦。」他們說。

謎底終於解開了，原來今天的九份之旅正是杜志宇的告白之旅。我所有的朋友都被他收買了，今天所有的行程安排，都只是爲了把這個瓶子挖出來。他們爬山爬特別快，是爲了讓我跟他獨處。他們安排我坐在副駕駛座，是爲了讓他跟我多說話。

那天，我選擇把瓶子帶回家。他要我看完之後打個電話給他，但是我沒有。

因爲我是好幾天之後才把瓶子打開的，雖然我很好奇那裡面到底寫了什麼，卻遲遲沒有勇氣打開它。

「或許又是一段新戀情的開始，但我準備好了嗎？」那幾天，我一直問自己這個問題。

幾個月過去，更了解這個人之後，在一次晚餐約會結束、在路上等紅綠燈變換燈號之際，我主動勾住他的手，「過馬路時牽著女朋友，是男朋友的責任。」我說。

我跟他在一起兩年，坦白說，那是一段非常美好的時光。

他是個好男友，他懂得珍惜我爲他所做的改變，也願意爲了我改變自己，他曾經說過一句讓我很感動的話：「沒有誰能夠完全與另一半完美契合，我們都要懂得爲感情做一點犧牲。」

「改變是爲了更相愛的話，那麼我很樂意。」他說。

他跟前兩個男友完全不同，而且天差地遠，在他的保護之下，我跟他的這段感情走得非常順利。

只有一件事我無法配合，也就因爲那件事，我們走上了分手的路。

那就是婚姻。

跟他在一起的第二個月他就求婚了，在一間很高級的餐廳裡，那又是一段精心的策畫。

同樣地，他又用了一個瓶子，在瓶子裡放了求婚戒指，然後叫快遞在我們晚餐吃到一半的時候送進來，用一個盒子裝著。

「這大概會是世界上最大的戒指盒了。」他說。

那年我才二十歲，那一幕看得我一整個傻眼，連靠字都說出來了。

「哇靠，你會不會太衝動了？」當時我是這麼回應他的。

你應該看看他那時的表情。

或許他覺得求婚一定會成功，而我的反應不是感動到熱淚盈眶，竟然是一句哇靠，他可能很受傷，可能很吃驚，可能很難過。

我立刻安撫他，並且跟他解釋，我不是不愛他，也不是眞的要拒絕，只是我連大學都還沒念完，這樣是沒辦法結婚的。而且我們才在一起兩個月，談結婚會不會太快？

他說好，他等我畢業，一畢業就結婚。

我一時也不知道該怎麼跟他溝通這樣的事，只好先跟他說，一切等畢業後再說吧。

那瓶子他帶走了。

那天晚上，我明顯地感覺到他的失落。

第二次求婚的時間，是我們在一起一年後，這次他換了個方法，可以說是非常完美的緩兵之計，他說不結婚可以先訂婚，婚禮可以等畢業再舉行，兩個相愛的人能永遠在一起是一件很幸福的事。

這緩兵之計一點用都沒有，因爲出兵的根本不是我，是他自己。他或許覺得這是一個折衷的方式，這也確實是折衷的方式，但對我來說依然無效，我才大四，我還沒畢業，就算我已經畢業了，So what？我還是不想結婚啊！

我又看到那個世界上最大的戒指盒，只是這次的地點在陽明山，而他自己當快遞。

這一次，我依然拒絕，依然果斷，這不是相不相愛的問題，我有自己的人生規畫，而婚姻並不在我還這麼年輕的二十一歲計畫裡。

更準確地說，我根本沒想過要結婚，至少在還年輕的當年。結婚的事情暫時被按下了，但我心裡知道，那是顆不定時炸彈，只要我一畢業就會引爆，而我得收拾爆炸後的殘局。

果不其然，畢業當天他又求婚了。我的老天！

他還帶來了父母跟親戚，在我還穿著學士服的時候，當著大家的面，跪下向我求婚。

而我已經沒有半點感動了。

他為什麼這麼想結婚呢？

他說他已經三十二歲了，一直想要有個家庭。他也非常喜歡我，不想放棄我，如果我能跟他白頭偕老，那一定很美好。

而我真的沒有半點感動了。

在他父母親，還有我的父母親、他的親戚跟我所有同學的面前，我真的不知道該怎麼辦，我真的不想答應，又不想讓他難堪，在這樣的壓力之下，我接過戒指，笑著把他拉起來，一句話也沒說，只是給他一個擁抱。

在場的人都以為我答應了，一陣歡呼。

他也以為我答應了，竟把我抱起來旋轉了好幾圈。

只有我爸媽夠了解我，他們知道我其實沒有答應。

那天晚上我們就分手了，在他家樓下，我把戒指拿去還他。

「我想結婚的人在一起吧，志宇，我不是那個要跟你一輩子的人。」我說。

他沒有挽留我，我想他知道大勢已去，所以只是笑一笑，「我好愛妳，但可惜了。」

「如果我早個五年出生，或許我們已經結婚了。所以不是我不嫁你，而是我還年輕，暫時沒有結婚的計畫。」我說。

他點點頭，表示了解，然後把戒指收進口袋裡，表情複雜。

一陣沉默之後，他跟我要了一個擁抱，深深的擁抱。

那是他跟我在一起之後，抱我最久的一次，我們誰也沒說話，只是擁抱著，就這樣抱著。

離開的時候，我感覺肩膀上有點涼意，伸手摸了摸，是濕的。

那是他的眼淚吧，我跟他落得這樣的結局，他沒有抱怨，只是靜靜地哭了。

回家之後，我把他給我的第一個瓶子從櫃子上拿下來，丟進垃圾桶。丟掉之前，我還把裡面那張紙拿出來回憶了一番。

那張紙上頭有他親筆描繪的圖，描摹的是我跟他第一次見面時，在餐廳拍的照片，雖然畫得不像，但是誠意非常足夠。「我畫了好幾天，還是不太像，不過我盡力了。」他說。

那張畫上面，他用一個括弧括了一句話，寫著：「在一起，好嗎？」

我第一次看見這張信箋時，莫名地笑了。

而分手這天再看，卻心底雪亮地哭了。

兩年的感情，就是因爲這張紙而開始的。

我也很愛你，但可惜了。

可惜了。

4

之後我刻意單身了兩年，不想喜歡誰，也不想被誰喜歡。

有些累了。有些累了。

那年開始流行一種叫做部落格的東西，部落格剛出現時，江芸就已經是使用者了。我看過她部落格裡的好幾篇文章，眞的很佩服她的文筆。中文系女孩的氣質在她身上表露無遺。

她替我申請了一個部落格，然後把帳號密碼給我，要我養成跟自己說話的習慣，「跟自己說話，用部落格說，誠實點，用心點，哪天回頭看看，都是珍貴的痕跡。」她說。

我的第一篇部落格文章，沒題目，當系統一定要我取個名字時，我想了好久，還是鍵入了「未命名」三個字。

內容是：

我答應了表妹，來這裡跟自己說話。

這聽起來像是一件很簡單的事、很簡單的動作，但怎麼我不會？

跟自己說話，要說些什麼？

自己是誰？是我嗎？那我又是誰？我要跟誰說什麼？

自己是誰？我是誰？

如果我就是自己，而自己又是我，那為什麼我不覺得認識自己呢？

就這樣，沒了。

這是我的第一篇部落格文章。

人家說金門有三多，就是軍人多、軍人很多、軍人非常多。

人家說加拿大有三好，就是好山、好水、好無聊。

而我的文章也有三好，好短、好爛、好沒內容。

隔天接到江芸的電話，她驚嘆著，「天呀！姊！妳是天才呀！妳昨天寫的那篇文章好棒！」

「哇靠，妳有毛病，那種文章哪能看？我根本是亂掰的。」

「不！寫得很好呀！非常發人深省。」

「我想只能發妳這種人深省吧，江芸。」

「哎呀！我說眞的啦！看完我覺得有震撼到呀，很多人都自以爲了解自己，但其實不然，不是嗎？我就是這樣，我想妳也是的，姊。」

我又屁啦靠地跟她哈拉了幾分鐘，然後把電話掛了。再靜下來想想，覺得她說的好像有道理，又或者我的文章好像有道理。

「是不是眞的有很多人都不了解自己呢？」那當下，我這麼自言自語著。

我記得在江芸的部落格裡看過一篇文章，一樣短短的，她自己寫的，我問她那是什麼意思，她說，那是寫給「還沒出現的那個人」看的。

到底什麼是還沒出現的那個人呢？

她說就是一個「懂我、愛我，也適合我的男人」。

文章是這樣的：

在你面前，我像個赤裸的女子。

衣衫不蔽，絲髮不勻，所有的曲線與缺陷皆表露無遺。

沒有祕密，沒有暗語，任何一點聲音都能被你聽見。

包括我的心語。

像靜到深處的夜裡，琉璃水晶宮中掉在地上的細針，竟鏗然巨響。

在你面前，我像個赤裸的女子。

在鏡子裡，我看見一個孩子。

我問她，這是寫給N的嗎？

她猶豫了一下，她說希望是，但可惜不是。

然後我就想起杜志宇最後跟我說的那句話，「我好愛妳，但可惜了。」

一陣惆悵襲來，我搖搖頭，讓自己醒過來，然後針對這篇文章，潑了江芸一桶大冷水。

「所謂懂妳、愛妳又適合妳的男人，其實是不存在的，傻女孩。」我說。

「我相信有的。」

「好，妳相信有，我支持妳，但就算眞的有，妳也遇不到。」

「那也未必呀。」

「這世界上或許眞的有一個人，是老天爺專門爲妳訂做的，但那個人在哪裡呢？大部分的愛情都是在相互犧牲奉獻與改變妥協之下發展的，而犧牲奉獻改變妥協都是辛苦的，只是因為有愛，才能支撐下去。」

「所以妳不相信有個人專為妳而存在嗎？」

「不是不相信，是很想相信，但很難相信。」我說。

是呀，我很想相信，但很難相信。

二十九歲那年，也就是去年，我不顧家人與朋友的反對，決定嫁給我的第四任男友。

他是我公司的同事，我們在一起四年多將近五年，沒有什麼激情，也沒有什麼大火花，他不像杜志宇，會精心策畫一些驚喜來感動我，但也不像第一與第二任男朋友一樣糟糕，他就是個平凡人，認真盡責的上班族，在公司是個小主管，我是他的下屬，就因為這層上下屬關係，使得我們的戀情無法在公司曝光。

儘管我們在公司是隱形情人，但我的家人都知道他的存在，過年過節，他送到我家的禮品沒有少過，有些時候還會參加我的家族聚會。

但不知道為什麼，家人似乎不太喜歡他。

對，我承認，他看起來有點冰冷，說話很慢，而且沒什麼溫度。跟他獨處時，坦白說，我也不曾見他有什麼很大的情緒反應，大喜大悲大怒大哀都沒有，他就是一個什麼事都冷冷的人。

就因爲這樣，我家人就不喜歡他嗎？

不，不是，其實最大的原因是他大了我十五歲。

但年紀怎麼會是問題呢？都什麼年代了，年齡還是問題嗎？

「是問題，絕對是。」我媽說。

「多考慮一下吧，要不要交別的男朋友看看？」我爸說。

「姊，妳眞的很喜歡他嗎？」江芸說。

其他人說的話我就不再贅述，簡而言之，我跟他之間的關係，每個人都在勸退。

但是他到底哪裡不好？就因爲年紀比我大很多？

他很照顧我，他很成熟，他不會跟我吵架，也不會只出一張嘴，說得出做不到，他說要帶我去哪裡就會去哪裡，從來沒有打過折扣。我生病了，他帶我去看醫生，我回到家，他會打電話提醒我吃藥早點睡，雖然在公司裡，他對我的照顧不能太明顯，但生活上的點滴照顧是眞的沒話說。

跟他在一起之前，我承認，我其實也考慮了很久。但並不是因爲年紀差距，而是個性差距。我比較活潑男孩子氣，他沉穩內斂話不多，在一起可能沒什麼樂趣，平常生活可能沒什麼火花。

但樂趣要幹嘛？火花要幹嘛？最後追求的總是平凡簡單的生活呀，而他能給的就是平凡簡單的生活，那為什麼我還不要呢？

我朋友說得眞的沒錯，一旦碰到愛情，我就變成黏土了。

而且發展到最後，我變成了最先進的自動型黏土，我不需要男朋友來揉捏我的樣子，我自己會變成他要的樣子。

於是，單身兩年後，我決定跟他在一起。

過了好些年平凡簡單幸福沒火花沒樂趣的生活，有一天我突然發現一件事。

我懷孕了。

那是一個很大的衝擊，我一開始是驚恐的，慌亂中，我不知道該找誰說，只能第一時間走到他的辦公室，在文件裡夾了一張便利貼，上面寫著「我有了」三個字。

他看了後，一如往常，用沒什麼情緒起伏的聲音跟表情對我說：「我們下班後再談。」

我點點頭，走出辦公室。那天一整個沒心情上班，我不停地注意著牆上黑針白底黑數字的時鐘，幾乎是每十分鐘就看一次。

我撥了電話給江芸，跟她說了這件事，她嚇了好大一跳，一直問我該怎麼辦。我當下不知道爲什麼，竟然笑了出來，「那，妳願意當我的伴娘嗎？」我說。

是的，當下我只想到結婚兩個字。二十九歲了，很適合結婚的，而且以女孩子來說，也算是有點晚婚了。

意外懷孕的吃驚情緒完全消失，取而代之的是想結婚的喜悅與興奮。

那天晚上，他難得露出開心的笑容，很高興地跟我說，他會到我家提親，並且開始準備婚事，要我去找婚紗店，要我去挑戒指，要我上網看看喜歡哪間飯店，可以的話，順便連蜜月旅行的地點都挑一挑好了。

我花了兩個月的時間準備一切，一切都迅速地進行，我跟他的關係也在這時候才在公司裡公開，大家都很祝福我們，我家人的態度也從不支持轉爲希望我開心就好。

但他們並不知道，我們是因爲懷孕才決定結婚的。

爲了不在肚子太大的時候拍婚紗，懷孕不到三個月，我們就拍好了。

爲了不讓他花太多錢，我隨意挑了便宜的飯店跟戒指，蜜月或許就不需要了，孩子長大以後，有的是機會玩。

當我處處爲他著想，以爲人生從此幸福美滿的時候……

媽的！事情永遠不會跟人想的一樣那麼順利！

他是個早就有孩子的人！

某一天晚上，他打電話來，那是在婚禮前一個月，他說有事要講，並且不期待我會原諒他，只希望不要帶給我太大的傷害。

「我已經有一個女兒了，我跟我太太已經分居很多年，但還沒有離婚。」他說。

我晴天霹靂。

「請妳給我一些時間，我這幾天就跟她辦離婚。」

我依然晴天霹靂。

「如果妳能接受，請給我一個答覆好嗎？」

我繼續晴天霹靂。

「或是，妳需要一點時間？」

「去你媽的！你去死！」我說。在電話這頭，我再也忍不住了。

這些事，我已經答應過自己不再回想了，也不想再說了，但那傷痛的過往像是還沒痊癒的傷口，有時候就是會痛一下，提醒妳它還沒好，提醒妳那是曾經犯過的錯誤，提醒妳千萬不要再有下一次了。

我欺瞞家人，說要出去旅行，然後一個人跑到台北墮胎。三個月的身孕，醫生要我考慮清楚。「嗯，我考慮清楚了，麻煩你醫生。」

我哭了好幾天，不只是因爲一條生命死在我手上，也爲自己在感情這條路上的波折感到痛苦。我一直在想，我要的只是一個比較簡單的人生，爲什麼這麼難呢？

婚禮預定舉辦前一個星期，我才把分手的事告訴家人，並且向所有人表示取消婚禮，但他們依然不知道我懷了孕並且墮了胎，我只是說對方後悔了，對方一點都不想結婚，一切都是一場鬧劇。

「也好啦！至少他沒在結婚之後才說後悔，這樣我就可以交新男朋友了。」在他們面前，我故做輕鬆。

一切都是他媽的一場鬧劇。

好傷的一場鬧劇。

好傷。

他在同一天傳了簡訊跟我說對不起，而我連回撥或是回傳簡訊罵他的力氣跟想法都沒有。

江芸在這天才知道事情的所有經過，我在她的房間裡崩潰大哭，好像把下半生的眼淚都哭完了一樣。她原本堅持要我去提出告訴，我跟她說，這樣只會讓我更痛苦，就好比是在傷口上撒鹽。

有一段時間，我們都沒再談起這件事，一直到她主動問了我一個問題。

「姊，當時，妳一定很痛苦吧？」

「痛苦是當然的，但那其實是一件好事。」

「怎……妳怎麼這麼說？」她驚訝地問著。

「在愛情裡，我是個十足的失敗者，這一直都是我的驕傲。」

「爲什麼會驕傲呢？」

「因爲那些痛苦的事讓我變得更無敵了呀。」我說。

有一天，我又連上了自己的部落格，看著那上面一篇一篇，跟他在一起這些年來的文章，十篇裡有八篇與他有關，我才知道，他曾經在我生命裡佔了這麼大的分量。

我把舊有的部落格關閉，留言板相簿個人資料名片等等，全部關閉。然後連到另一個網站，申請了一個新的部落格帳號。

江芸的部落格有個很符合她性格的名字，叫做「落葉江畔微芸起」，這就是她會想出來的名字，很優美，很好聽。

那麼，我的部落格該取什麼名字呢？

我沒有她那麼有氣質有素養，我只是想從另一個地方重新開始。江芸說這是用來跟自己說話的地方，誠實點，用心點，哪天回頭看看，都是珍貴的痕跡。

那就叫「痕跡」好了，許馨倫在「痕跡」上面寫誠實用心的「痕跡」。

新的部落格裡，新的第一篇文章是這樣的：

我答應了自己，來這裡跟自己說話。

過去許多事，既然都已經過去了，就該慶幸。

因為我走過來了，我將會更無敵。

我並沒有對愛情絕望，反而更加深信，在愛情裡，我會是那個更堅強的自己。

說不定哪天，我遇見某個人，我不需要再為他改變自己，也不希望他為我改變什麼，雙方只要一個眼神的交換，便願意與他遠走天涯。

去哪兒呢？都可以，我期待有人可以帶我走，去哪兒都可以。

我沒有對愛情絕望。

真情書

我期待愛情可以帶我走，去哪兒都可以。

去哪兒都可以。

5

我離開了那間公司，離開了每天都要面對的他，離開了其他同事對於我跟他未完成且難堪的婚姻的蜚短流長，離開了這段傷痛。

我沒有讓自己休息，因爲想通了之後，發現那其實不是一件壞事，就算心很傷，就算墮胎對我的身體產生了一些影響，但那依然不是一件壞事。

因爲它幫助我成長。

也因爲如果沒有這些失敗，我就這麼嫁出去了，那我就不會遇到現在的他。

我上了求職網站，丟了一些履歷，新工作的面試機會很快地就來了。連續接了幾通通知面試的電話之後，我做了一些篩選，並把時間、日期、地點記錄在我的手機行事曆裡。

其中有一個工作，必須到台北總公司面試，時間是星期一，索性我前一天就上台北，當做是短暫的旅行，走走晃晃散散心也不錯。我把時間記下，並且搭上星期天早上九點多的高鐵到台北。

或許是假日的關係，人很多，但還不到客滿的地步。我坐的那個車廂有許多孩子，幾個月大到幾歲大的都有，哭聲笑聲玩鬧聲，此起彼落。

我拿出手機，插上耳機，按了幾個鈕，開始聽著音樂。歌手每唱一句，我就跟著在心裡哼一句，也不知道哼了多少首歌，台北站就到了。

車廂裡的人都站起來拿行李，並且排好隊，一個一個依序下車，而我在最靠近車門的那個位置角落看見一支手機。

我撿起那支手機，打算拿到高鐵櫃台，請他們找回失主，但我隨即又想，或許失主很快就會發現手機不見而折返，於是我站在月台上，就在我們下車的列車門旁邊等待，大概等了十分鐘，我心想，這手機的主人可能還沒發現手機掉了吧。

這時有一通電話打來，上面顯示來電者是月玫，應該是一個女孩子。

我接起電話，喂了一聲，電話那頭的她似乎有點驚訝，「呃……妳好，麻煩請孟允聽電話好嗎？」

「不好意思，我不知道孟允是誰，我剛撿到這支手機，請問該怎麼聯絡主人？」

「啊！是這樣啊，沒關係，他等一下會來找我，我會跟他說有人撿到他的手機，能不能請妳把妳的電話號碼留給我，我再轉交給他，好嗎？」

「好，○九××××××××。」

「請問妳貴姓？」

「我姓許，言午許。」

「好，許小姐，謝謝妳喔。我一見到他，就請他打給妳。」

「嗯，如果我沒接到，請他晚點再打，好嗎？」

「好，謝謝。」

「嗯，不客氣。」

就是因爲這通電話，我遇見了他，葉孟允。

他並沒有馬上跟我聯絡，隔了兩天，我才接到他的電話。那時他的手機已經沒電，而且也已經停話了。我以爲他不想要這支電話了，正想著，我應該把這支手機丟掉，還是拿去警察局才好？

我們約在高雄巨蛋站旁邊的麥當勞，我一眼就看出是他，一個高高瘦瘦的男生，年紀大概跟我差不多，乾乾淨淨斯斯文文的。

「妳好，我是葉孟允，不好意思，麻煩妳跑這一趟，我請妳吃麥當勞當做酬謝，好嗎？」他說。

吃東西的時候，他向我解釋，掉手機那天，他上台北參加朋友的婚禮，但其實他並沒有進場，只是交了禮金就離開，他不知道新娘要找他，就是想給他我的電話，還說如果他知道是這麼漂亮的女生撿到他的手機，他一定會馬上打電話給我。

「所以你的意思是，如果看見我是恐龍，你會拿了手機就跑囉？」

「不，我還是會請妳吃麥當勞，但是會外帶。」他說。

這個好笑！我噗嗤一聲笑了出來，噴了一些口水在他的衣服上。

「對不起，我不是故意的！」我連忙拿紙巾替他擦拭。

「不用啦，別擦別擦，讓美女噴到口水眞是榮幸，就讓它留在衣服上吧。」

「呵呵，葉先生，你很貧嘴喔！」

「這是稱讚妳，妳應該說謝謝。」

「好吧，那謝謝。」

「我也謝謝妳。」

「爲什麼謝我？」

「謝謝妳撿到我的手機，還拿還給我。」

「這個你謝過了。」我指著桌上的漢堡跟薯條。

「我還要謝謝妳願意陪我看電影。」

「咦?」我疑惑著,「我沒有說要陪你看電影啊。」

「是沒錯,但我現在就是在約妳看電影啊,我假裝妳答應了。」

「那還眞是抱歉,我沒答應喔!」

「哎呀,那好吧。」他一臉惋惜地從口袋裡拿出兩張電影票兌換券,將其中一張遞給我,「這張給妳,這也是我的答謝禮。」

「這麼好,還有電影票。」

「送還手機是一件大恩,只請吃麥當勞太小氣了,多加一張電影票才差不多。」

不知道爲什麼,跟他聊天很愉快,明明毫不相識,感覺卻像很久不見的老朋友。

後來我問他,爲什麼已經到了朋友的婚禮會場,卻只給了禮金而不進去呢?

他只跟我說了一句話,「因爲新郎原本可能是我。」

這就是人生啊!

他想娶的女人因爲他自己的錯而離開了他。

我想嫁的男人因爲他自己的錯而讓我離開了他。

每個人都可能在上一段故事裡覺得應該就這樣了,殊不知那其實只是下一段故事的序曲而已。

真情書

那天他給我的電影票兌換券，我一直保留著。

過沒多久，我接到他的電話，他說有一種預感，我的那張兌換券還在，想跟我一起把它用掉。

其實我還沒答應他，而那張兌換券的使用期限是二〇一一年五月三十一日，就是幾天後了。

我跟葉孟允之間會有愛情嗎？我不知道，我只認識他幾個月。

雖然他跟我說過好幾次「跟我走，好嗎」，還眞不知道到底他爲什麼這麼喜歡問這個問題。

或許吧，可能哪天，我就會跟你走吧。

去哪兒呢？都可以。

去哪兒都可以。

或許，先去把兌換券用掉吧。

至於其他的，可能的，尚未發生的，那些事，以後再說吧。

這就是人生啊！

每個人都在上一段故事裡覺得應該就這樣了，殊不知那其實只是下一段故事的序曲而已。

後記

六個人之外，六個人以內

有個知名的理論，叫做「六度空間定律」。

意指「每隔六個人的人際關係，我們就會遇見認識的人」。

我對這個定律持非常保留的態度，因為我並沒有因此認識張惠妹或是王力宏，所以也就更不可能認識遠在太平洋那一端的喬治克隆尼或是歐巴馬。

不好意思，對不起，我在亂說話，這些比喻並不好。

對於這個被稱做定律的理論，我只是想表達懷疑而已。

不過，現實生活中卻好像真有這麼回事，而且機率還不算太低。

大概每隔幾個月或一兩年，就會有朋友問你：「你是不是認識某某某？」

「咦？」你很是驚訝，「對啊，你怎麼知道？」

「他是我誰誰誰的誰誰誰所認識的誰誰誰。」你朋友說。

說不定他話裡的誰誰誰還不需要講到三次，只要兩次，甚至一次，你們就找到共同的連結了。

前一陣子，不到半年前，我的一個朋友問我：「你知道○○嗎？」

他在問句裡用「知道」而非「認識」，其實是有原因的，因為我並不認識那個人，只在網路上因為某些事件而照過面，有過一些交集，但並沒有說過話，只知道這個人的存在。

「我知道。」我回答。

「他是我表弟。」他說。

「噗！」我正在喝飲料，差點沒嗆著。

最近的一次是上個月，另一個朋友在他的臉書上寫了這樣一則訊息：

「沒想到多年前的前女友竟是老吳的大學同學的妹妹！更沒想到的是，那一群在南部玩地下音樂的朋友竟然也是老吳的朋友。這世界真小！」老吳是他稱呼我的方式。

是啊，這世界真小。

我這個朋友不玩音樂，也跟我念的大學所在地，及我大學同學家沒有任何地緣關係，但他就認識這些跟我認識的人。

這世界真小。

真情書

小到好像隨時都可能發生你的誰認識另一個你的誰的情況，而你根本無法想像怎麼這條人際關係會牽得這麼綿密。

但你可能又會感嘆世界其實很大，因為怎麼樣也沒機會遇見，或跟你真的很想認識的人有交集，對吧？

所以不管「六度空間定律」是否真如定律般，準確得不容挑戰，這六個人以外，就真的與你無關了嗎？而六個人以內，就真的與你相關嗎？

六個人以外，六個人以內，都會有你的故事啊。

多年前，我看了一部電影，叫做《衝擊效應》。

裡面的每一個角色幾乎互不相識，但他們的生命卻似乎緊緊相連。一連串的事件，將他們的人生串在一起，最後他們依然互不相識，卻因為彼此發生了那些事情而改變了人生。

那是一部非常精彩的電影，層次分明而且力道十足，中文片名取得很好，那確實造成了衝擊，讓我在看完電影之後，久久不能言語。

之後我也看了幾部這種「互不相識又息息相關」的電影，例如《天人交戰》、《黑色追緝令》及《火線交錯》，在在都提醒著我，那是值得自己嘗試努力的類型。

於是我便一直想寫一部這樣的故事，以數個事件串起幾個互不相識的人的人生，在他們各自的演繹之下，讓故事有一種新的呈現與感受。

書》。

但坦白說，我自認書寫的實力不足，所以一直拖到今年，我才鼓起勇氣寫了這本《真情

《真情書》並不像《衝擊效應》那樣沉重，我知道自己並不適合，也還無法完全拿捏、主導那樣深鉅的故事，所以我以拿手的感情為主，設計了四個角色，分別主述著自己的故事，讓他們互相牽引卻又各自疏離。

在真正下筆之前，讓我萬分猶豫的是：「我真的確定要寫這些設定好的角色嗎？」我這麼問自己。

因為四段故事裡面，有三個主述角色是女的，甚至其中還有一位女主角已經四十多歲了。回想過去幾次把自己「當女生」的經驗，每一次揣摩女角就是一場惡夢，而這一次，我卻要讓自己做三場惡夢。

不得不說，我真的很不擅長「當女生」，因為我就是個真正的男子漢啊。不管我在螢幕前如何用力地扮演好女角，一字一字砌成一大篇故事，我總是在完成一個篇章之後沒多久，就想把它們全部刪除重寫。

因為我實在很擔心那些故事「不夠女人」。

堅持了許久，每天在腦海裡、在心裡、在工作室裡不停跟自己拔河之後，我終於完成了《真情書》，雖然還是有想全部刪除重來的念頭，但還好，我自認這次「當女生」當得還算成功，便忍住了按下 delete 的衝動。

在我完稿後，一個朋友看過其中一篇文章，看完之後，他只說了一句話，而且是罵我的話，但我卻覺得那是最棒的稱讚。

「幹！你根本就是雌雄同體！」他說。

我是不覺得自己雌雄同體啦，在寫手的生涯裡，我也只是努力扮演好自己的角色，不停地創作作品，讓大家解解無聊這樣。

這是我的第十八本書，而我也寫了十二年了。

正在看這一行字的你，我想感謝你，不管你討厭我的書還是喜愛我的書，我都要感謝你。

因為沒有你，我沒有第十八本書，也沒有這十二年。

吳子雲　二〇一一年夏初於台北的家

國家圖書館出版品預行編目資料

真情書／藤井樹著. －－初版. －－臺北市：
商周出版：家庭傳媒城邦分公司發行, 2011（民100）
面：　公分. －（網路小說；180）
ISBN 978-986-120-932-6（精裝）

857.7　　100012862

真情書

作　　者／藤井樹
企畫選書人／楊如玉
責任編輯／楊如玉

版　　權／翁靜如
行銷業務／朱書霈、蘇魯屏、莊英傑
總 經 理／彭之琬
發 行 人／何飛鵬
法律顧問／台英國際商務法律事務所　羅明通律師
出　　版／商周出版
台北市民生東路二段 141 號 9 樓
電話：(02) 25007008　傳真：(02) 25007759
Blog：http://bwp25007008.pixnet.net/blog
E-mail：bwp.service@cite.com.tw
發　　行／英屬蓋曼群島商家庭傳媒股份有限公司城邦分公司
台北市民生東路二段 141 號 2 樓
書虫客服服務專線：(02) 25007718、(02) 25007719
服務時間：週一至週五上午09:30-12:00；下午13:30-17:00
24 小時傳真專線：(02) 25001990、(02) 25001991
劃撥帳號：19863813；戶名：書虫股份有限公司
讀者服務信箱：service@readingclub.com.tw
城邦讀書花園：www.cite.com.tw
香港發行所／城邦（香港）出版集團有限公司
香港灣仔駱克道193號東超商業中心1樓
E-mail：hkcite@biznetvigator.com
電話：(852)25086231　傳真：(852) 25789337
馬新發行所／城邦（馬新）出版集團 Cité(M)Sdn. Bhd.
41, Jalan Radin Anum, Bandar Baru Sri Petaling,
57000 Kuala Lumpur, Malaysia.
電話：(603) 90578822　傳眞：(603) 90576622
email:cite@cite.com.my

封面設計／黃聖文
排　　版／新鑫電腦排版工作室
印　　刷／高典印刷有限公司
總 經 銷／高見文化行銷股份有限公司
電話：(02)2668-9005　傳眞：(02)2668-9790
客服專線：0800-055-365

■ 2011 年 7 月28日初版
■ 2016 年 5 月19日初版65刷

Printed in Taiwan
城邦讀書花園
www.cite.com.tw

定價260元

 ISBN 978-986-120-932-6

商周出版

廣告回函
北區郵政管理登記證
北臺字第000791號
郵資已付，免貼郵票

104　台北市民生東路二段141號2樓

英屬蓋曼群島商家庭傳媒股份有限公司　城邦分公司

請沿虛線對摺，謝謝！

商周出版

書號：BX4180C　　書名：真情書　　編碼：

商周出版

讀者回函卡

謝謝您購買我們出版的書籍！請費心填寫此回函卡，我們將不定期寄上城邦集團最新的出版訊息。

姓名：________________ 性別：□男 □女

生日：西元________年________月________日

地址：________________________________

聯絡電話：________________ 傳真：________________

E-mail：________________________________

學歷：□1.小學 □2.國中 □3.高中 □4.大專 □5.研究所以上

職業：□1.學生 □2.軍公教 □3.服務 □4.金融 □5.製造 □6.資訊

□7.傳播 □8.自由業 □9.農漁牧 □10.家管 □11.退休

□12.其他________________________________

您從何種方式得知本書消息？

□1.書店 □2.網路 □3.報紙 □4.雜誌 □5.廣播 □6.電視

□7.親友推薦 □8.其他________________________________

您通常以何種方式購書？

□1.書店 □2.網路 □3.傳真訂購 □4.郵局劃撥 □5.其他________

您喜歡閱讀哪些類別的書籍？

□1.財經商業 □2.自然科學 □3.歷史 □4.法律 □5.文學

□6.休閒旅遊 □7.小說 □8.人物傳記 □9.生活、勵志 □10.其他

對我們的建議：________________________________

____

____

____

____